LA PRINCESSE AFRICAINE

Christel Mouchard

LA PRINCESSE AFRICAINE

La Prisonnière de Zanzibar

Flammarion

87, quai Panhard-et-Levassor – 75647 Paris cedex 13
ISBN : 978-2-0812-0355-6

Chapitre 1

Retour à Zimbaboué

Enfin Tchinza rentrait chez elle.

Il y avait si longtemps qu'elle n'avait pas revu sa mère, sa maison... Après de longues semaines de captivité chez Shaka, le roi des Zoulous, et encore d'autres longues semaines de marche dans le désert, la montagne, la savane, Tchinza touchait au but.

Devant elle, sur la berge de la rivière, elle voyait sa mère la reine Nehanda s'avancer sur le chemin qui venait de la forteresse. Bientôt, elle se jetterait dans ses bras.

Tchinza avait failli mourir plusieurs fois, avalée par un crocodile, brûlée dans un incendie de brousse, tuée par les chasseurs d'esclaves... Mais là, maintenant, elle avait atteint la fin du voyage : elle était de retour dans son royaume, le royaume de

Zimbaboué, dont sa mère était la reine et dont elle était la princesse héritière.

– Maman... murmura-t-elle d'une voix étranglée par l'émotion.

Le cortège royal approchait. Toute la cour s'était déplacée pour les accueillir, elle et ses amis.

Ses amis : ils étaient à ses côtés, sur le radeau grâce auquel elle avait descendu la rivière, dernière étape de son long voyage depuis le territoire de Shaka le Zoulou. Ils avaient franchi les obstacles avec elle ; ils avaient affronté la mort avec elle.

Il y avait Moutiti, bien sûr, son petit serviteur, un gamin de huit ans qu'elle connaissait depuis sa naissance. Il y avait aussi Kounzi, le guerrier shona qu'elle avait sauvé de l'esclavage. Et le bébé guépard qu'ils avaient trouvé dans l'incendie, boule de poil aux grands yeux mordorés qui se roulait en miaulant sur le fond du radeau.

Tchinza s'était fait encore d'autres amis, au cours de son long voyage. Des amis comme aucun autre Africain n'en avait en cette année 1870. Deux hommes blancs, des « mouzoungous » : un adulte, David, et un garçon de son âge, Damian. Des amis pour la vie, elle en était sûre. Surtout Damian.

Tchinza lui lança un regard en coin.

Elle l'avait détesté, au début, ce garçon blond qui feignait d'être malade pour se faire plaindre par Ysabel, sa mère. Puis tout avait basculé : Ysabel était morte dans les monts Matabélé. Aujourd'hui, Damian était transformé. Sa peau s'était hâlée, ses muscles avaient forci, il avait cessé de se plaindre et s'était réconcilié avec David, son beau-père... La princesse africaine et le jeune Anglais avaient alors découvert qu'ils avaient plus de ressemblances qu'ils ne croyaient. Depuis, ils étaient inséparables.

Le radeau où se tenaient Tchinza et ses amis accosta sur la berge de la rivière ; tous, ils contemplaient le cortège de la reine Nehanda, cette grande souveraine dont la princesse leur avait tellement parlé.

– Vous avez vu ça ? s'exclama Kounzi. Toutes ces lances, toutes ces plumes ! Et de l'or !

Le grand jeune homme noir montrait la foule, autour de la reine. En effet, le spectacle était magnifique : une centaine de guerriers en cape de cuir, la tête couronnée de fourrure, brandissaient de longues lances aux pointes d'or. Venait ensuite une colonne de danseuses qui tournoyaient en chantant. Leurs corps nus brillaient d'une belle couleur cuivrée ; les chevilles étaient ornées de grelots de coquillages, qui accompagnaient leurs pas d'un son clair et joyeux. Puis, perchée sur les épaules de douze porteurs aux épaules d'hercule, une litière couverte de peaux de zèbres. Et sur la litière, une femme couronnée d'un haut diadème de perles de couleur, un sceptre d'ébène à la main, la poitrine cachée sous de lourds colliers d'or.

– Elle a pris un coup de vieux, la reine ! s'exclama soudain Moutiti.

Damian et Kounzi sursautèrent. Tous deux regardèrent d'un air sévère le petit serviteur de Tchinza.

– Dis donc, c'est comme ça que tu parles de ta souveraine ? lança Damian.

Moutiti ne prit même pas la peine de lui répondre. Il faisait la moue, avec les sourcils froncés et le visage fermé, hostile. Surpris, le garçon blond regarda Tchinza. Pourquoi n'avait-elle pas fait de reproche à son serviteur insolent ?

La princesse elle aussi avait un visage fermé, à présent. Plus d'émotion, plus de larmes dans les yeux. Son regard fixé sur la berge était dur. David se mit à caresser sa barbe, un geste qu'il faisait chaque fois qu'il était pensif ou perplexe.

– Qu'est-ce qui se passe ? demanda-t-il en se tournant vers Kounzi.

– Je ne sais pas, lui répondit le guerrier shona. Je ne suis jamais venu ici, mon village était trop éloigné de Zimbaboué. Je n'ai même jamais vu ma reine.

Tous regardèrent le cortège, qui avançait lentement au milieu des chants et des danses. On distinguait les traits de la reine, à présent. Sous la grande ombrelle de feuilles et de plumes tenue par un homme marchant à côté de la litière, on voyait des cheveux gris, deux grosses rides sur les joues...

– C'est vrai que je l'imaginais plus jeune, ta mère, risqua Damian tout en guettant une réaction de la princesse.

– Ce n'est pas ma mère !

Tchinza avait lancé sa réponse avec rage.

– Ah ça, non, confirma Moutiti, si c'est Nehanda, moi je suis le dieu Mouari !

Il y eut un instant de silence ; personne ne savait quoi dire. Voilà des semaines que Tchinza parlait de sa mère la reine Nehanda, qui attendait son retour au Zimbaboué, et voilà que...

– Elle a peut-être envoyé quelqu'un pour la représenter, suggéra David.

– Impossible ! s'écria Tchinza. Cette femme porte les parures de la reine. Et seule la reine peut se faire porter sur une litière de six hommes.

– Alors qui est-ce ? s'inquiéta Kounzi.

– Aucun doute là-dessus, répondit Tchinza de plus en plus furieuse. C'est Bola. Je la reconnais, la vieille femme.

– Qu'est-ce qu'elle fait là ? s'indigna Moutiti.

– On va le savoir ! lança Tchinza, allons-y.

Ils débarquèrent sans oser questionner davantage Tchinza, qui était raide de colère et d'inquiétude. La vieille femme couronnée et la princesse s'avancèrent l'une vers l'autre. La première tendait à la deuxième le collier de perles bleues qu'elle avait lancé sur la berge pour se faire reconnaître. Tchinza le prit et le mit autour de son cou sans un sourire.

Un dialogue en shona s'engagea que David et Damian ne pouvaient pas comprendre. La vieille femme prenait un air tragique en développant des explications sans fin. Tchinza restait silencieuse, crispée. Quand Bola lui tendit les bras en un geste de consolation et d'accueil, la princesse la repoussa violemment. Sans un mot.

– Auriez-vous l'infinie générosité de nous expliquer ce qui se passe ? demanda finalement Damian à Moutiti, quelque peu agacé.

Moutiti tourna vers lui des yeux pleins de larmes.

– Bola est en train d'expliquer que Zimbaboué est dans un sale état. Il y a eu une attaque de chasseurs d'esclaves, il y a un mois. Quarante hommes sont morts ; vingt hommes et trente femmes ont été emmenés... Nehanda était parmi les captives.

– Quoi ? s'exclama David. La reine Nehanda a été emmenée en esclavage ?

– Je viens de vous le dire !

– Et qui est cette femme ? Pourquoi est-elle à la place de Nehanda ? insista David.

– Elle s'appelle Bola, consentit à préciser Moutiti. Quand nous sommes partis, elle était devineresse, auprès de Nehanda.

– Devineresse ? Une femme qui devine l'avenir ? Ça existe ? intervint Damian encore plus stupéfait que son beau-père.

Moutiti ne répondait pas. Kounzi vint à la rescousse :

– Oui, il existe des femmes, chez les Shona, qu'on emploie à deviner l'avenir. Elles sont très respectées, souvent craintes, on pense qu'elles parlent avec Mouari. Cette femme, Bola, vient de raconter à Tchinza que le peuple shona l'a choisie pour remplacer Nehanda.

– J'ai du mal y croire, gronda Moutiti, dont le petit visage était gris de colère.

Tous regardaient la princesse, qui se tenait face à la nouvelle reine, toujours raide et silencieuse.

– Tchinza va avoir besoin de moi, je crois bien, commenta Kounzi.

– Tchinza va avoir besoin de nous, corrigea Damian.

– Je croyais que vous vouliez repartir au plus vite vers le nord ?

– Les plans ont changé.

La nuit était tombée sur la forteresse de Zimbaboué. Sa masse de pierres haute comme une colline formait une ombre immense au-dessus de la ville. Une multitude de cases rondes étaient groupées à son pied. Leurs murs étaient faits de terre ocre, leurs toits coniques de longues herbes sèches. Au-delà s'étendait la brousse, où couraient des enceintes de pierre. De-ci de-là se dressaient des temples élevés à la gloire du dieu Mouari.

Malgré l'heure tardive, une animation intense régnait parmi les Shona. Ils fêtaient le retour de leur princesse.

Au centre de la ville, sur une vaste place, un grand feu avait été allumé. Autour, tournaient les danseurs au son d'immenses tam-tams. Des serviteurs distribuaient des calebasses pleines d'une boisson trouble et mousseuse.

Bola était assise sur un trône de bois, le sceptre d'ébène à la main. Sur son visage ridé, on voyait le reflet des flammes qui ondulaient au rythme de la danse. Les coups d'œil qu'elle lançait à Tchinza étaient chargés d'inquiétude plus que de plaisir. La princesse était assise à ses côtés, le regard fixe, un pli au coin des lèvres. Les guerriers et leurs femmes dansaient avec lenteur, les pieds lourds.

– Il y a quelque chose de bizarre... murmura Kounzi.

– Qu'est-ce qui est bizarre ? demanda David.

– Cette danse, ces gens...

– Pourquoi ? J'ai déjà vu des fêtes en Afrique ; elles ressemblaient à ça.

– Elles ressemblaient, oui...

Kounzi avait insisté sur le verbe : elles ressemblaient. David se tut et observa la scène. En effet, à y mieux regarder, les danses et l'atmosphère n'étaient pas celles auxquelles il avait été habitué au cours de ses voyages d'exploration à travers l'Afrique. On n'entendait aucun cri de joie, on ne voyait aucun de ces visages hilares et excités qui rendaient les réunions si joyeuses et si bruyantes. Les danseurs avaient revêtu des pagnes cousus de perles multicolores et frotté d'huile leurs muscles magnifiques, mais ils ne mettaient guère de cœur dans leurs mouvements ; les pas étaient contraints, les tam-tams embarrassés... Tout semblait à l'unisson de l'humeur de la princesse Tchinza.

Comme les danseurs, celle-ci avait mis ses plus belles parures. La cape qu'elle avait jetée sur ses épaules était d'un cuir si fin qu'il semblait de la soie, un rang de perles de nacre était ceint sur son front, et de lourds bracelets de cuivre remontaient le long de ses bras. Le bébé guépard lové à ses pieds lui faisait comme un autre bijou, sa riche fourrure dorée enroulée autour des chevilles.

– En tout cas, commenta Moutiti, Tchinza est bien fille de sa mère. Regardez comme elle est belle, ma princesse, hein ? lança-t-il aux deux garçons qui se tenaient de part et d'autre, Damian et Kounzi.

Ni l'un ni l'autre ne répondirent, mais il n'était pas difficile de voir qu'ils étaient d'accord. Depuis l'endroit où ils s'étaient assis, de l'autre côté du foyer, ils ne quittaient pas Tchinza des yeux. Moutiti tourna la tête vers l'Anglais puis vers l'Africain.

« Oh ! oh ! se dit-il. J'ai l'impression que ça pourrait devenir un problème... »

Et il s'empressa de faire diversion en attrapant une calebasse dans les mains du serviteur qui passait près d'eux.

– Tiens, bois, lança-t-il à Damian en lui tendant le récipient.

– Qu'est-ce que c'est ? demanda le jeune Anglais en reportant son regard sur la boisson trouble qu'il avait sous les yeux.

– Du *pombé*, une bière de fête. On la sert pour faire honneur aux invités. En la buvant, tu montres que tu es heureux de l'accueil qu'on te fait.

– Je n'aime pas la bière ! fit Damian, l'air dégoûté.

– Attention à ce que tu dis ! intervint Kounzi, qui venait de boire une bonne rasade dans une autre calebasse que son voisin lui avait passée. C'est une offense de refuser le *pombé*.

Damian observa Kounzi à la dérobée. Est-ce qu'il disait la vérité ou bien voulait-il simplement l'obliger à boire ce liquide malodorant ?

Il n'avait pas le choix ; il prit une grande inspiration et avala deux ou trois longues gorgées sans une grimace.

– Mmh, c'est bon !

Kounzi le dévisagea, interloqué. C'était à son tour de se demander si l'autre était sincère ou s'il faisait semblant pour le seul plaisir de voir la surprise se peindre sur le visage de l'Africain. Il fit un sourire ironique et lança :

– Vraiment ? Je t'en prie, je te donne la mienne, moi, je n'aime pas ça.

Damian hésita, attrapé, et préféra mettre fin à la plaisanterie. Avec Kounzi, il sentait qu'il ne pouvait pas aller aussi loin qu'avec Moutiti ou même Tchinza. Le guerrier shona était du genre ombrageux. Loyal et brave, mais ombrageux. Il reporta son attention sur la scène qui se déroulait au-delà du feu.

– Je ne sais pas si c'est bon, remarqua-t-il au bout d'un moment, mais la princesse n'a pas l'air d'aimer ça. Elle donne à boire son *pombé* au guépard... tu parles d'une offense !

– Quoi ! s'exclamèrent en chœur Moutiti et Kounzi.

– Regardez...

En effet, Tchinza avait posé sa calebasse de *pombé* à ses pieds, à côté du bébé guépard. Elle se montrait volontairement indifférente à Bola, qui multipliait les regards inquiets comme un perroquet qui cligne de l'œil. Le danseur le plus proche de Tchinza vit son geste et s'arrêta net. Derrière lui, un autre s'immobilisa, puis un autre. Peu à peu, conscients de l'affront qui se jouait en silence, tous les danseurs sortirent de la ronde, puis les joueurs de tam-tam...

Tchinza faisait mine de n'avoir rien remarqué.

– Donne-moi ce *pombé*, si tu n'en veux pas, lança Bola en se levant, mais ne laisse pas un animal le boire.

– Pourquoi, que crains-tu ? répondit Tchinza en se levant à son tour. Ce guépard est un animal sacré ; il est l'esprit de la savane. Il est digne de boire.

Les deux femmes se toisaient dans un silence de mort.

– Tu m'offenses, lâcha enfin Bola. Tu sais ce que cela signifie ? Offenser la reine des Shona ?

– Tu n'es pas la reine des Shona.

– Je le suis, maintenant.

– D'où tiens-tu ton pouvoir ? Ma mère est prisonnière, mais je l'étais moi aussi et pourtant je suis revenue.

– Demande-leur d'où je tiens mon pouvoir...

Bola fit un grand geste vers le peuple assemblé. Les épaules étaient basses, les yeux furtifs.

– En tout cas, ce n'est pas de l'affection qu'ils te portent que tu tiens ton pouvoir. Regarde... On ne peut pas dire qu'ils ont l'air enthousiaste.

– Ce n'est pas avec de l'affection qu'on fait les chefs, c'est avec...

– Avec de la peur !

– ... du respect, conclut Bola.

Elle n'avait pas entendu les mots qui avaient été prononcés en même temps que les siens. Mais les amis de Tchinza, si. Ils se retournèrent et virent un vieil homme surgir derrière eux. C'était lui qui avait parlé. On devinait dans l'ombre qui l'enveloppait à demi une longue cape de cuir agrafée sur une épaule, des cheveux et une barbichette blanche. Il tenait des deux mains un bâton plus haut que lui recourbé à l'extrémité.

Aussitôt, Moutiti plongea vers le sol et se prosterna aux pieds de l'inconnu.

– Tu le connais ? demanda David.

– Tout le monde le connaît, à Zimbaboué. C'est...

– Chut ! gronda le vieil homme à voix basse. Ne montrez pas que vous m'avez vu. Replacez-vous tels que vous étiez. On ne doit pas savoir que je suis là.

L'inconnu avait parlé en souahéli de manière que les deux Anglais le comprennent. Ils formèrent une barrière tandis que David reposait sa question à Moutiti :

– Qui est-ce ?

– Moubarikoua.

– Et... ?

– Et quoi ? s'énerva Moutiti. C'est Moubarikoua !

– Ce gosse est horripilant ! (Damian fit mine de sauter sur le petit garçon.) Si tu ne parles pas, je te fais manger ton pagne !

– Inutile d'aller si loin, intervint le vieil homme derrière eux. Je peux me présenter moi-même. Je suis Moubarikoua...

– J'avais compris, grommela Damian.

– Dis donc, un peu de respect ! gronda Moutiti. Tu ne sais pas à qui tu parles !

– Si ! Moubarikoua.

Le vieil homme continua calmement la phrase qu'il avait laissée en suspens :

– ... le prêtre initiateur de Zimbaboué. Ce qui signifie que je suis chargé de faire entrer les jeunes garçons de la ville de Zimbaboué dignes d'être guerriers dans l'âge adulte. Pour cela j'organise une cérémonie qui se célèbre une fois par an dans les souterrains de la forteresse. Je connais Nehanda depuis sa naissance. Et Tchinza aussi, bien sûr.

– Que vouliez-vous dire en parlant de peur ? demanda David.

– Je veux dire que cette femme règne par la peur.

– Comment une vieille femme ridée et maigrichonne peut-elle régner par la peur ? intervint

Kounzi. Il y a là près de deux ou trois cents guerriers avec leurs sagaies !

– Ils ont vu ce qu'elle était capable de faire.

– Parce que c'est une sorcière, bien sûr ! dit Damian, heureux de pouvoir répondre. Elle fait de la magie, elle les change en porcs ou quelque chose comme ça !

– Pas de ces sornettes ici !

Moubarikoua toisait le jeune mouzoungou d'un regard sévère. Celui-ci rentra la tête dans les épaules, soudain intimidé.

– Une devineresse, chez les Shona, ne fait rien d'aussi ridicule, continua le prêtre. Elle parle avec le dieu Mouari et prédit l'avenir. Mais Bola ne peut se servir de ses pouvoirs pour gouverner ; aucune devineresse, aucune femme mage ne peut se faire aider de Mouari pour usurper un trône qui ne lui revient pas. C'est d'une manière plus matérielle qu'elle s'est débarrassée de Nehanda. (Il ferma les yeux avec une expression douloureuse avant d'ajouter :) C'est en la vendant !

– Nehanda a été vendue, elle n'a pas été enlevée ! compléta Kounzi.

Tous jetèrent un long regard sur Bola.

De l'autre côté du feu, le face-à-face entre la vieille femme et la jeune fille se poursuivait. Un long sourire étira les rides de la devineresse :

– Mais après tout, tu as raison, le guépard est un animal sacré... Nous n'allons pas nous fâcher pour si peu. Tu es ici chez toi. Le trône te reviendra un jour... rien n'a changé. Soyons amies.

– Jamais ! lança Tchinza, qui se tourna vers les guerriers assemblés autour du feu. Vous laisserez donc faire cette usurpatrice ? Je vous donne l'ordre de vous saisir d'elle.

Un silence lui répondit. Puis une voix s'éleva du groupe :

– Il faut obéir, princesse, sinon nous serons tous...

– Tais-toi ! coupa Bola. Je t'ai vu, toi, je sais qui tu es. Quand Manoel reviendra...

Nouveau silence.

– « Manoel », répéta Tchinza d'une voix étranglée. Tu t'es trahie, Bola. J'ai tout compris...

– Qu'est-ce qu'elle a compris ? demanda Moutiti à voix basse en se tournant vers Moubarikoua.

– Tenez-vous prêts, tous, dit le vieux prêtre sans répondre à sa question. Dans un instant, je vais crier à Tchinza de venir vers nous, et il faudra me suivre en courant dans cette direction.

Il tendit son long bâton vers l'ombre de la forteresse.

– Je ne comprends pas ce qu'elle a compris, insista le petit serviteur dans un murmure rageur.

– Moi, j'ai compris, mais je ne te le dirai pas, s'amusa Damian sur le même ton. C'est agaçant, hein ?

– Arrêtez, vous deux ! leur lança Kounzi tout en attrapant une courte sagaie à la pointe aiguisée que son voisin avait laissée imprudemment à terre, à côté de lui.

À ce moment précis, un cri s'éleva près du feu.

– Regardez ! Il est mort !

Une danseuse se tenait devant Tchinza. Du doigt, elle montrait les pieds de la princesse, une expression de terreur sur le visage. Tous les regards convergèrent sur ce même point. À côté du bol de *pombé* toujours posé à terre, il y avait le bébé guépard. Il était étendu de tout son long, le dos convulsé, la gueule ouverte.

– Oh, non... gémit Tchinza en se baissant vers le petit animal.

Elle toucha la fourrure mordorée, se releva, les yeux pleins de larmes et de fureur, et lança à Bola :

– C'est ainsi que tu montres ton amitié. En cherchant à m'empoisonner ! si j'avais bu le *pombé*, moi, et non le guépard...

– C'est que les guépards ne supportent pas le *pombé*, voilà tout, rétorqua la devineresse, un sourire ironique sur les lèvres. Cette boisson n'est pas faite pour les animaux, je te l'avais dit. Goûte toi-même, tu verras, c'est délicieux !

– Je ne veux pas de ton hospitalité, merci. Ni celle de ces Shona changés en poltrons... J'ai mieux à faire : retrouver Nehanda, la sortir des griffes de l'homme à laquelle tu l'as vendue. Après cela, nous reviendrons ensemble et nous reprendrons notre trône...

Tout en parlant, Tchinza avait quitté sa place et reculait vers l'extérieur du cercle. Bola comprit qu'en quelques pas elle serait dans l'ombre. Elle se tourna vers la foule et fit signe aux guerriers qui étaient les plus proches :

– Rattrapez-la.

C'est ce moment que choisit Moubarikoua pour lancer son appel :

– Princesse Tchinza ! suivez-moi !

Et avec une agilité étonnante pour son âge, il s'enfonça dans la nuit. Aussitôt Kounzi franchit le feu d'un bond, s'approcha de Tchinza et pointa sa lance vers les guerriers qui se regroupaient autour d'eux sans grand enthousiasme.

– Si vous touchez à elle, je vous passe ma lance à travers le corps ! (Et se tournant vers Tchinza :) Vas-y, princesse.

Elle ne se le fit pas dire deux fois. Elle disparut dans la nuit à la suite de Moubarikoua, aussitôt suivie par le reste du groupe, Moutiti, Damian, David... Kounzi ne fut pas long à les rattraper, sa sagaie toujours dans la main.

Chapitre

2

Dans les entrailles de la forteresse

– Pressez-vous ! Par là !

La nuit était si noire qu'ils ne se voyaient pas les uns les autres. Ils ne pouvaient que courir à l'aveuglette vers la masse sombre de la forteresse, guidés par la voix du vieux prêtre.

– Regardez ! piailla Moutiti, ça y est, ils nous cherchent !

Une bousculade s'ensuivit. Ils s'étaient tous retournés en même temps, se heurtant les uns les autres.

– C'est malin ! lui lança Kounzi en l'attrapant par la main pour le tirer derrière lui. Tu ferais mieux d'avancer. On le sait, qu'ils nous cherchent.

La princesse, cependant, n'avait pu s'empêcher de voir, elle aussi. Des torches. Si nombreuses qu'elles formaient comme une barrière de feu dans l'obscurité, au ras du sol, derrière eux. Elles étaient loin encore, mais elles dansaient, signe que ceux qui les portaient couraient, eux aussi.

Moubarikoua se fit rassurant.

– Nous avons de l'avance, ils ne peuvent pas nous voir, et ils ne savent pas où nous allons. Cette nuit noire est notre meilleure protection. Mouari est avec nous !

– Où nous emmènes-tu ? demanda David, une pointe d'anxiété dans la voix. Comment trouves-tu ton chemin ?

– Ne vous inquiétez pas, je sais exactement où nous allons. Tenez-vous à ma crosse, je vous guide.

Tchinza, David, Damian, Kounzi cherchèrent à tâtons le long bâton que le prêtre tendait vers eux dans l'obscurité. Chaque fois que l'un d'eux le trouvait, il s'y accrochait d'une main, et bientôt, ils purent reprendre plus aisément leur route à la suite de Moubarikoua. Moutiti, lui, avait préféré s'agripper au pagne de Tchinza, retrouvant le geste de sa petite enfance.

Du fond de la nuit venait un brouhaha confus. Tchinza s'obligeait à ne pas se retourner pour ne pas céder à la panique. Au-dessus d'eux, l'immense muraille de la forteresse exhalait la tiédeur du jour contenue dans ses pierres. Ils avançaient toujours, accrochés à la ligne de vie qu'était la crosse de

Moubarikoua. Le brouhaha se rapprocha ; c'étaient des cris, à présent, des ordres que se lançaient les guerriers les uns aux autres :

– Par là !

– Non, par là, à la porte de la forteresse !

– Non, ils ne peuvent pas passer, la porte est fermée !

Tchinza sentait son cœur battre un peu plus fort à chaque parole, de peur mais aussi de douleur : elle était traquée par ceux-là mêmes qui étaient chargés de la protéger, les guerriers de Nehanda. Bola et les chasseurs d'esclaves avaient réussi ce maléfice.

Soudain, ils perçurent devant eux comme un souffle de fraîcheur et une odeur de cave.

– Les souterrains ! s'exclama Tchinza, sous l'effet d'un souvenir.

– Tu nous conduis dans des souterrains, vieil homme ? demanda David.

– Vous verrez... Nous y sommes bientôt.

Il était temps... Ils distinguaient à présent le reflet des torches au-dessus d'eux, sur les pierres de la forteresse ; encore un peu, et la lumière les atteindrait, silhouettes maladroites trottinant derrière un vieillard.

– C'est là, vite !

Tout à coup, le bâton dans leur main plongea vers l'avant... Ils basculèrent.

Ils avaient changé de monde. Plus de torches, plus de cris, l'obscurité absolue... Mais une obscurité qui avait changé de nature. Sans les voir, ils devinaient des parois toutes proches, une humidité nouvelle.

– C'est mouillé, par terre ! s'exclama Moutiti.

Tombés les uns sur les autres au fond du trou, ils se redressaient tant bien que mal.

– Nous sommes sous la terre ? demanda Tchinza.

– Oui, sous la forteresse. Éloignons-nous...

Ils recommencèrent à tâtonner un moment en longeant la paroi humide du souterrain.

– Nous sommes dans un corridor qui conduit aux salles où j'initie les jeunes guerriers, expliqua Moubarikoua. Un lieu sacré.

– Je me souviens, compléta Moutiti, personne ne peut y entrer.

– Même les guerriers initiés ? demanda Damian.

– Ils ne s'y risqueraient pas. Ils n'y viennent qu'une seule fois dans leur vie, au moment de leur initiation. Et pour la cérémonie, je leur fais boire une drogue qui les met en contact avec les esprits ; ils voient alors ce que les yeux ne peuvent pas voir et oublient le reste. Après cela, l'entrée du souterrain devient encore plus effrayante pour eux : ils se souviennent des esprits qu'ils y ont vus. Ils ne se risquent pas à y retourner ! Vous voyez, derrière vous ?

Tchinza se retourna et vit une dernière fois les torches. Elles étaient au-dessus d'eux, devant l'ouverture par laquelle ils avaient basculé. Elles allaient et venaient comme des bêtes fauves face à une proie qu'ils n'osent attaquer.

La petite voix de Moutiti s'éleva dans le noir :

– C'est vrai qu'il y a des esprits, ici ?

– Ils ne se montrent qu'aux futurs initiés de la ville de Zimbaboué, aux garçons qui sont sur le point de devenir des guerriers, répondit Moubarikoua.

– Même moi, je n'y suis jamais entré, précisa Kounzi.

– Tu n'es pas de cette ville, lui fit remarquer leur guide, même si tu es un Shona.

– Mais toi, susurra Damian d'un ton sépulcral à l'oreille de Moutiti, tu vas les voir, les esprits : tu es d'ici et tu es un garçon promis à devenir un guerrier...

– Certainement pas ! coupa le vieux prêtre d'un ton indigné, ce gamin est de la caste des serviteurs. Les serviteurs ne sont jamais admis au rang de guerrier.

– Inutile de me le rappeler, merci ! murmura l'intéressé, froissé.

Moubarikoua s'immobilisa. Ses compagnons l'entendirent farfouiller contre le mur, et soudain une petite flamme s'éleva qu'il tenait dans la main. Il y eut une exclamation joyeuse :

– Aaah ! De la lumière !

– Une lampe à huile !

– Comme c'est bon ! dit Tchinza en approchant sa main glacée de la source de chaleur.

Dans l'éclat doux de la flamme, elle regarda l'un après l'autre les visages qui l'entouraient. Enveloppés dans l'ombre comme dans un manteau, protégés par la masse titanesque de la forteresse posée au-dessus d'eux, ils paraissaient très proches, unis par un lien nouveau. Pour la première fois depuis son arrivée à Zimbaboué, Tchinza retrouva espoir. Elle n'était pas seule. Ils étaient six amis, maintenant. Elle croisa le regard du vieux prêtre qui l'observait. Bien sûr, il avait deviné ses pensées.

– Je savais que tu reviendrais, dit-il gravement. Je savais que tu repousserais Bola l'usurpatrice...

– Dis-nous ce qui s'est passé, vieil homme, intervint David, si tu veux que nous puissions agir.

Moubarikoua se baissa, posa la lampe à huile dans une niche creusée dans le mur à la hauteur de ses genoux et leur fit signe de s'accroupir autour de lui. Quand ils furent tous installés, serrés les uns contre les autres autour de la fragile source de lumière, il parla :

– Manoel et ses hommes sont arrivés par ruse...

– Qui est Manoel ? coupa Moutiti.

Voyant les yeux pleins de colère de Moubarikoua braqués sur lui, il ajouta, penaud :

– Pardon... mais je voudrais comprendre, moi aussi...

– Manoel est un mouzoungou trafiquant d'esclaves, expliqua Kounzi. C'est lui qui a razzié mon village, avec Tippo. Il était le lieutenant de Tippo. Quand vous m'avez trouvé, dans les monts Matabélé, dans le camp où j'étais prisonnier, avec les autres esclaves que vous avez libérés, il était là, en compagnie d'un autre mouzoungou, Jaïram. Tippo est mort, mais Manoel et Jaïram se sont enfuis... Ils ont repris leurs activités, semble-t-il.

– En effet, reprit le vieux prêtre. Et quelles activités ! C'est Bola qui les a introduits. Ils savaient que la forteresse est imprenable. S'ils avaient essayé d'attaquer, les guetteurs nous auraient avertis, et nous nous serions réfugiés derrière nos fortifications. Vous les avez vues : elles sont au-dessus de nous... Elles sont formées par une colline naturelle dont les roches sont réunies par des murailles, des passages secrets, des postes de guet. Une fois que la population de Zimbaboué y est retranchée, elle est en parfaite sécurité. Mais Bola a amené Jaïram et Manoel devant notre reine, dans la ville. Ils n'étaient que tous les deux, avec deux serviteurs. Elle a dit à Nehanda qu'ils avaient vu Tchinza, qu'ils savaient où elle était...

– Tu crois que c'est vrai ? demanda la princesse à Kounzi. Ils m'ont vue, quand nous avons attaqué le camp ?

– Peut-être... Peut-être qu'un de leurs hommes ou de leurs esclaves a vu tes perles bleues et savait qui tu étais.

– Mais ils ont aussi bien pu dire n'importe quoi, ajouta Moubarikoua. Nehanda était à l'affût de toute information, elle était si anxieuse...

Tchinza sentit une boule durcir dans sa poitrine. Imaginer l'angoisse de sa mère était au-dessus de ses forces. Elle secoua la tête pour chasser la vision.

– Continue, je t'en prie, Moubarikoua.

– Une fois qu'ils ont été là, Nehanda leur a demandé des précisions, les a crus, les a nourris, a organisé une fête en leur honneur, leur a donné une case pour dormir. Et dans la nuit, quand tous les guerriers étaient en train de digérer leur *pombé*, les trafiquants se sont levés et ont fait entrer des hommes à eux dans la ville. Des hommes avec une arme qui distribue la mort.

– Un fusil !

– Non. J'ai déjà vu les armes à feu des mouzoungous. Celle-là était comme un fusil, mais elle pouvait tuer dix hommes d'un coup.

Le vieil homme mit ses poings l'un contre l'autre et balaya l'assistance du geste.

– Comme ça : *tactactactac !*

– Une mitrailleuse ! s'exclama David, atterré. Ils sont venus ici avec une mitrailleuse ! contre des hommes armés de sagaies et d'arcs !

Le vieux prêtre hocha la tête longuement. Tout à coup, il parut avoir cent ans. Une ride profonde barrait son front ; ses yeux grands ouverts fixaient la flamme avec une expression d'horreur, comme s'il y revoyait la scène qu'il décrivait.

– La ville était pleine de sang ; même l'eau de la rivière était rouge. Des hurlements, un nuage de poussière...

Sa voix se brisa. Il s'interrompit un instant, toussa et reprit avec plus d'assurance :

– Finalement, Manoel a déclaré qu'il arrêterait le massacre s'il pouvait emmener cinquante hommes et cinquante femmes. Nous n'avions pas le choix... Les captifs ont été réunis. Bola les choisissait un à un, avec Manoel. Puis elle a conclu un accord avec les trafiquants. Elle prendrait le gouvernement de Zimbaboué et, s'ils acceptaient de la protéger, elle leur fournirait un contingent d'esclaves chaque fois qu'ils passeraient... et ils sont partis... avec une longue colonne d'esclaves. Nehanda était parmi eux.

– Je comprends pourquoi nos guerriers ont été métamorphosés en gamins peureux, conclut Tchinza.

– Ils étaient terrifiés ; ils n'avaient jamais vu ça. Ils savent se battre, ils sont courageux, mais là, mourir sans même avoir pu faire un geste, tués par un homme accroupi derrière une machine... J'ai essayé de leur rendre leur courage, je leur parlais, je leur disais : « Chassez Bola », mais ils m'ont répondu que ça ne servait à rien, que Nehanda était sans doute déjà morte, que la machine les tuerait tous. Je leur disais alors : « Tchinza reviendra, elle reprendra le pouvoir », et ils me répondaient : « Même si elle revient, elle est trop jeune, elle ne peut rien contre les marchands d'esclaves. » Et ils ne m'ont plus écouté...

– Il n'y a donc rien à faire ?

Moubarikoua attrapa la main de Tchinza pardessus la lampe, la serra entre les siennes et plongea le regard dans ses yeux brouillés par les larmes.

– Si, princesse, il y a quelque chose à faire. Pars, retrouve Nehanda, reviens avec elle. Je t'attendrai...

– Viens avec nous, dit Tchinza. Bola est prête à tout ! Elle te tuera comme elle a voulu me tuer...

Elle s'interrompit sous le coup d'une pensée et s'adressa à Damian :

– Je suis triste pour le bébé guépard, je te demande pardon. Quand je me suis demandé si le *pombé* était empoisonné, je n'ai trouvé que ce moyen-là pour le savoir. Puis je l'ai vu mort à mes pieds, et j'ai eu envie de pleurer. Pauvre petite bête. Dire que nous l'avions sauvé de l'incendie...

– Je préfère que ce soit lui que toi, princesse, dit simplement Damian.

– Tchinza a raison, intervint David avant de se tourner vers Moubarikoua. Bola est prête à tout. Viens avec nous.

– Je suis trop vieux, et il faut que quelqu'un reste ici pour conserver dans l'esprit du peuple l'espoir du retour de Nehanda. Bola n'ose pas s'en prendre à moi, les guerriers me respectent. Même si elle leur en donne l'ordre, ils ne me toucheront pas. Et je ne mange que ce que je cueille moi-même. Je suis le maître des souterrains, je ne crains rien. Quand la reine Nehanda reviendra, sa vue rendra courage à nos guerriers. Pars ! vite !

– Partir, oui... Mais où ?

– À Zanzibar, c'est là que Manoel et Jaïram emmènent leurs prisonniers. Au marché aux esclaves. Ils l'ont dit. Ils ne s'en cachent pas.

– Zanzibar ?

– Une île, au large de la côte en face du territoire des Zaramos.

– Comment y aller ? Je ne sais même pas où c'est !

– Nous, nous savons.

David avait parlé avec une assurance calme.

– Si tu nous sors de ces souterrains, reprit-il, je conduirai Tchinza à Zanzibar. Et nous ferons tout ce qui est en notre pouvoir pour retrouver Nehanda. Si elle n'est pas...

Il allait dire « si elle n'est pas morte », mais Moubarikoua l'interrompit :

– Elle vit ! Je le sens ! Je le sais !

– Je te crois, dit Tchinza soudain pleine de confiance.

– Tu peux me croire. Je savais que tu allais revenir, et tu es revenue. Je sais que tu la retrouveras...

Puis il se tourna vers Kounzi :

– Je te la confie, guerrier shona.

– Je suis prêt à mourir pour elle, déclara Kounzi, avant d'ajouter avec un sourire qui atténuait la gravité de ses paroles : Je n'ai pas de machine qui tue, mais j'ai ça. (Il montra la sagaie qu'il avait ramassée près du foyer.) Et je sais m'en servir !

Tchinza tourna vers David puis vers Kounzi et Damian un regard radieux chargé d'une émotion qui faisait briller ses grands yeux d'antilope.

– Si vous m'aidez, dit-elle, je serai plus forte que Manoel. Plus forte que tous les chasseurs d'esclaves du monde.

Damian se renversa contre son beau-père d'un mouvement théâtral, une main sur la poitrine.

– Aargh ! Ne me regarde pas comme ça, princesse ! Je fonds !

Ils avaient repris leur route sous la terre, guidés par la petite lampe de Moubarikoua. Le trajet semblait interminable, ils n'auraient pu dire depuis combien de temps ils avançaient ainsi dans le noir, une main contre la paroi humide, les yeux douloureux à force de fixer la flamme qui vacillait devant eux. On entendait d'étranges bruits filtrer des fissures de la roche, peut-être un souffle de vent qui avait pénétré jusque-là par quelque étrange phénomène naturel, peut-être les esprits... Moutiti se disait qu'il n'était pas si mécontent que ça de ne jamais être initié.

Enfin, alors qu'ils commençaient à sentir l'épuisement les gagner, ils sentirent sur leur peau une tiédeur bien connue.

– Là, on y est ! s'exclama le vieux prêtre en tendant sa crosse devant lui.

Au-delà du long bâton de cérémonie apparut un cercle de lumière bleue. Aussitôt, le parfum de sauge sauvage que dégageait la brousse à cette heure de la nuit envahit le souterrain.

– Nous sommes à l'opposé de la ville, sur le versant nord de la forteresse.

En quelques instants, ils furent dehors.

– Comme c'est beau !

Tchinza écarta les bras comme pour embrasser le paysage qui apparaissait devant elle. L'Afrique s'étendait à perte de vue, houle d'herbes hautes ployées sous la brise odorante et moutonnement de buissons hérissé de grands acacias parasols. La nuit pâlissait dans l'est. On distinguait au loin, sur le ton plus clair de la savane, les hautes silhouettes d'une famille de girafes. Un cri d'oiseau suivi d'un drôle de claquement de bec s'éleva dans l'air embaumé ; aussitôt, un jeune impala jaillit d'un bouquet d'aloès et fila en zigzag, affolé par l'apparition soudaine de ces humains sortis de terre.

Ceux-ci, pourtant, n'auraient pu lui faire grand mal. Tous clignaient des yeux comme des chouettes mal réveillées, encore aveugles d'avoir été si longtemps plongés dans le noir absolu. Au bout d'un moment, Tchinza se tourna vers ses compagnons :

– C'est... c'est...

Elle cherchait un adjectif, ne le trouva pas et répéta en riant :

– Comme c'est beau !

– On dirait que tu n'as jamais vu la brousse, se moqua Damian.

– Tu as raison, dit Tchinza elle-même étonnée. J'y suis née, et pourtant, j'ai l'impression de la voir pour la première fois. Tu ne trouves pas ça beau, toi ?

Damian ne répondit pas tout de suite. Il laissa son regard errer sur l'horizon. La beauté du paysage était subtile : ce qu'il avait d'enchanteur n'était pas tout de suite perceptible ; on ne voyait que des buissons bas, les troncs grêles des acacias, puis l'instant d'après, on apercevait un oiseau-mouche, légère créature en suspension au-dessus des feuillages, posée dans l'air comme un point d'interrogation. Plus loin, on distinguait les lignes d'une butte rocheuse parfaitement ronde, puis une autre à côté... Non, celle-là était le dos d'un éléphant : tout à coup, il bougeait, et tout un troupeau s'en allait d'un pas balancé avec une assurance de mastodonte invincible.

Au ras de la paroi d'où le petit groupe d'humains avait émergé, un arbre croulant de fleurs blanches balançait ses rameaux trop lourds. Damian leva la main, cueillit une corolle largement épanouie et la tendit à Tchinza.

– Tiens, princesse ! Pour fêter notre prochaine aventure.

Tchinza serra les lèvres pour ne pas montrer son trouble. Elle en voulait presque au jeune Anglais d'être si imprévisible : taquin un instant, sentimental celui d'après. Sans un mot, elle fixa la fleur dans l'agrafe de sa cape de cuir, faisant mine de ne pas sentir braqués sur elle les regards curieux ou amusés de Moubarikoua, David et Moutiti.

Kounzi, lui, ne regardait pas Tchinza, mais le mouzoungou aux cheveux blonds, sans aucun amusement.

– Bon, par où va-t-on, maintenant ? demanda la princesse pour couper court à la scène.

– Mmmh, fit David en examinant à son tour le paysage et en se caressant la barbe. Nous allons dans le Nord-Est. (Et, se tournant vers Moubarikoua :) Y a-t-il une piste quelque part ?

– Oui, au-delà de cette butte. Elle conduit jusqu'à la côte, à Bagamoyo. De là, vous pourrez louer un bateau aux pêcheurs, il y a une nuit et un jour de mer, environ...

– La mer ? s'écria Moutiti. Tu veux dire qu'on va voir la mer ?

– Oui, Zanzibar est une île. Pourquoi ? demanda Damian. Tu ne l'as jamais vue ?

– Bien sûr que non ! répondit le petit serviteur, agacé. Je suis un Shona, tu te souviens ? La mer est à des semaines de marche d'ici, comment aurais-je pu voir la mer ?

– Moi non plus, je n'ai jamais vu la mer... dit pensivement Tchinza. Il paraît que c'est encore plus grand et plus beau que le fleuve Limpopo. Ma mère me le racontait...

– Ah oui, plus grand, oui.

Damian s'interrompit puis eut un sourire.

– Depuis que je vous connais, c'est moi qui ai découvert des choses que je ne connaissais pas. Maintenant, ça va être votre tour d'être étonnés...

Étonnés, ils l'étaient. Plus de buissons, plus d'acacias, plus de buttes rondes, plus d'ombre... De la lumière, et de l'eau. Elle était si violente, la lumière, qu'ils ne pouvaient rester les yeux ouverts. Le ciel était phosphorescent, des langues de soleil dansaient tout autour d'eux, reflétées par l'immensité de la mer sur laquelle leur bateau glissait, porté par le vent. Ils avaient l'impression d'être posés sur un miroir de feu.

– Zanzibar est là-bas...

Damian tendait le doigt devant lui.

– Je ne vois rien, grogna Moutiti. Je ne vois que de l'eau, de l'eau et encore de l'eau...

– Tu ne vas pas te plaindre, depuis qu'on est partis de Zimbaboué, tu dis que tu veux voir la mer.

– Oui, bon ben, ça y est, je l'ai vue, la mer... Ça fait des heures et des heures qu'on ne voit que ça. J'en ai assez de la mer, je voudrais voir la terre, maintenant.

– Quand je te dis que tu es un sale gosse. Jamais content.

– Pour tout avouer, intervint Tchinza, moi aussi, j'en ai assez de la mer...

La princesse n'avait pas bonne figure. En fait, elle gisait, effondrée sur le pont du bateau de pêche qu'ils avaient loué à Bagamoyo, la mine défaite. Elle avait pourtant parcouru la piste qui allait de Zimbaboué à la côte pleine d'énergie et d'optimisme. À l'arrivée, elle avait poussé des cris de joie en contemplant l'étendue bleue de l'océan Indien.

Ensuite, elle avait déchanté.

À peine leur embarcation avait-elle quitté la plage que Tchinza avait senti son estomac se retourner. Depuis, elle était incapable de trouver un quelconque plaisir à flotter sur cet assemblage de planches pourries où rien n'était jamais stable : ni l'eau qui se soulevait et s'abaissait sans cesse, ni le pont qui tanguait au même rythme, ni la voile qui se balançait en sens contraire. Même le ciel bougeait au-dessus d'elle comme pour l'empêcher de fixer son regard... Moutiti et Kounzi n'étaient pas plus vaillants.

David et Damian, eux, semblaient ne même pas s'apercevoir qu'il était impossible de faire un pas sans risquer d'être précipité dans les flots. Ils savaient naviguer et avaient l'habitude des voyages en mer. Quand ils ne s'occupaient pas de la voile ou du gouvernail, ils passaient leur temps à manger et à boire : noix de coco, mangues, poisson séché... Par moments, Tchinza avait envie de les balancer tous les deux par-dessus bord rien que pour ne plus voir toute cette nourriture étalée devant elle.

– Quand est-ce qu'on arrive ? murmura-t-elle avec une grimace de détresse qui la faisait ressembler à Moutiti.

– Mais on est arrivés ! répondit Damian. Puisque je vous le dis... Zanzibar est là-bas.

Tchinza estima que ça valait le coup d'essayer de bouger. Elle se hissa le long du bastingage et plissa les yeux pour observer l'horizon dans la direction que montrait son ami. Elle ne vit rien tout d'abord, que le ciel sans nuages, la mer et ses langues de lumière. Puis, alors qu'elle luttait contre la nausée menaçante, elle aperçut une tache blanche voilée d'une vapeur ocre.

– C'est ça, ce truc jaune ? demanda-t-elle, déçue.

– Oui. Attends un peu, et tu verras ce que c'est, ce truc jaune.

Le truc jaune, en effet, valait de faire le voyage. Zanzibar était à présent haut sur l'horizon ; l'île et la ville qui portait le même nom envahissaient la moitié de leur champ de vision, droit devant le bateau de pêche poussé par un bon vent arrière. Sous la vapeur ocre, on distinguait à présent un entassement de maisons comme jamais les trois jeunes Africains n'en avaient vu. Pas de cases, à Zanzibar, pas de toits de paille ni de parois de terre séchée. Les lignes des murs blanc et jaune se croisaient à angle droit. Chaque bâtiment était haut au moins comme trois ou quatre cases posées l'une sur l'autre et percé de larges ouvertures carrées. Au-dessus, des coupoles et des tours étroites pointées vers le ciel comme des flèches. Les toits étaient plats, soutenus par des poutres sculptées, les fenêtres ornées de balcons et de volets de bois ajourés et ciselés.

Zanzibar ressemblait à un bijou de perles de nacre et d'or.

– On dirait qu'elle brille ! s'étonna Tchinza, qui en oubliait son mal de mer.

– C'est à cause du corail, expliqua Damian.

– Du corail ?

– Le corail, cette matière rocheuse sécrétée par de petits animaux marins. Ils forment des récifs tout autour de l'île, et les habitants creusent le corail pour y tailler des pierres. Ils en bâtissent leurs maisons. Le corail est une pierre très blanche, lumineuse, et c'est ce qui donne ce halo phosphorescent à la ville.

– Et ce qui est jaune ?

– C'est la poussière. Elle colle aux murs, dégouline quand il pleut, et s'envole dans le ciel quand il fait très chaud. Zanzibar n'est pas une ville très propre, vous verrez.

– Comment va-t-on retrouver la reine, là-dedans ? demanda Kounzi, surtout préoccupé par le but de leur expédition. Les maisons sont toutes empilées, on ne voit même pas de portes !

– Ça va être compliqué, admit David, mais moins que ça n'en a l'air. Entre les maisons, il y a des rues. Elles sont si étroites qu'on ne peut les voir d'ici, mais elles parcourent la ville dans tous les sens. Seulement attention ! Il y en a tant, et elles sont si tortueuses qu'il est très facile de s'y perdre. Une fois que nous y serons, ne nous perdez pas de vue !

– Et comment débarquer ? insista Kounzi. Les murs tombent dans l'eau à la verticale !

– Plus loin, par là, il y a un port. Nous y sommes presque.

– Un port...

– Un espace aménagé entre les maisons de façon à protéger les bateaux des vagues. On y débarque aussi facilement que sur la rivière, devant Zimbaboué. Regardez, le voilà...

En effet, tandis que défilaient sous la voile les murs de Zanzibar, ils virent derrière le coin d'une maison s'ouvrir une perspective. Lentement apparut un bassin immense entouré d'esplanades. Plus d'une vingtaine de bateaux y étaient alignés, et d'autres encore, à l'ancre, devant le port. Leurs mâts se dressaient, immenses, formant une sorte de forêt encombrée de cordes qui pendaient comme des lianes.

– Regardez la foule, sur les quais... dit Damian en guettant la réaction des trois Africains.

Foule, c'était le mot : les esplanades étaient pleines d'hommes qui s'agitaient en tous sens, montaient et descendaient des mâts, puis des bateaux, transportant de gros ballots, des paniers, des objets de toute taille, de toute forme...

– On dirait des fourmis sur un rocher, commenta Moutiti. Sauf qu'elles sont habillées et de toutes les couleurs.

– Exactement ! s'exclama Damian en riant. Ça m'a fait le même effet, la première fois que je suis arrivé. J'étais comme vous.

Ils restèrent un moment à contempler, ébahis, l'agitation du port.

– Ce n'est pas étonnant que leurs maisons soient empilées, avec tous ces gens à loger... fit remarquer Kounzi.

– Oui, enfin... reprit Moutiti, celui qui habite là-dedans n'est pas empilé !

Il montrait du doigt un bâtiment, au-delà du port. Plus vaste que tous les autres, il était couronné de loggias aux balustres élégants. Ses murs étaient immaculés, ses volets ajourés étaient d'une couleur vieux rose, avec des frises dorées. Une de ses façades tombait droit dans la mer, surplombée d'un vaste balcon de bois, peint de couleur vieux rose, lui aussi.

– Le palais du sultan, dit Damian avant de préciser : Le sultan est le souverain de l'île.

– C'est encore plus beau que Zimbaboué ! ne put s'empêcher de s'écrier Kounzi dans un élan d'enthousiasme.

Puis, prenant conscience de ses paroles, il se corrigea en jetant un regard d'excuse à sa princesse :

– Enfin... presque.

Il était difficile à Tchinza de ne pas en convenir, mais elle ajouta tout de même avec une petite moue de dédain :

– Oui... Si on aime le rose.

– Moi, je trouve ça joli, le rose, dit alors Moutiti en toute innocence, aggravant la piqûre d'amour-propre de sa maîtresse.

– Moi aussi ! renchérit Damian, jovial. Si j'étais toi, Tchinza, je ferais repeindre votre forteresse en rose. Non, ce n'est pas une bonne idée ?

Tchinza allait répondre au jeune Anglais d'aller se faire peindre lui-même en rose, quand David jugea bon d'interrompre le débat :

– Regardez plutôt le port. Il en dit long sur la richesse de Zanzibar. Le sultan commerce avec le monde entier. Ses navires vont en Arabie, en Inde, et jusqu'en Angleterre et en France. Ils reviennent chargés d'objets précieux : des soieries, des bijoux, des meubles et même des sucreries. En échange, il exporte des épices vers... Oh !

David s'interrompit brusquement, observa un moment le quai le plus proche, puis reprit d'un ton grave :

– Il exporte autre chose, aussi. Vous voyez ?

Tous, ils suivirent son regard. À l'entrée du port était amarré un gros bateau à l'arrière surélevé, à la peinture tout écaillée. Une large planche de bois reliait le pont au quai. Sur cette planche défilaient d'un pas lent des hommes et des femmes en pagne, la tête courbée. Tous étaient reliés entre eux par ce qui, de loin, ressemblait à un fil interminable.

– Des esclaves... murmura Kounzi. Vous voyez les chaînes ? Chaque extrémité est soudée sur un collier de fer fixé autour du cou d'un esclave. Une chaîne devant, une chaîne derrière... Ils sont attachés ensemble, tous, à la vie à la mort.

Un long silence suivit cette explication. Puis Tchinza dit à voix haute ce que tout le monde pensait tout bas :

– Si Nehanda quitte l'île, ce sera comme ça... Vite, le temps presse, débarquons !

Chapitre 3

Zanzibar

Zanzibar était une ville magnifique. Elle était bien plus belle et bien plus grande que Zimbaboué, à l'évidence. Mais elle était aussi particulièrement malodorante. Tchinza et Moutiti, qui se remettaient à peine de leur séjour en mer, en avaient mal au cœur.

Au pied des murs de pierre de corail coulaient des caniveaux pleins de fruits pourris et de charognes de rats. Les balcons de bois étaient travaillés comme de la dentelle, leurs fenêtres en ogive surmontées de vitraux multicolores, mais on ne pouvait longer ces maisons superbes sans se boucher le nez. À tous les coins de rue se dressaient des tas de déchets qui semblaient n'être jamais ramassés.

– Ces gens-là entassent leurs ordures comme si c'était des trésors, s'étonna Moutiti en montrant une de ces buttes où était perchée une chèvre occupée à mâchouiller un vieux chiffon sale.

– Kounzi avait raison : les habitants de Zanzibar sont trop nombreux pour la ville, expliqua Damian. Vous ne pouvez comprendre : à Zimbaboué vous avez tout l'espace que vous voulez pour étaler vos maisons. L'île de Zanzibar est riche mais petite, et couverte de plantations. Les gens sont obligés de s'entasser ici, autour du port, dans des maisons de plusieurs étages reliés par des escaliers.

– Ce ne sont plus des fourmis, fit remarquer Moutiti. Ce sont des termites.

– Oui, exactement. Ils vivent les uns sur les autres comme les termites dans les termitières qu'on trouve dans votre pays.

– Chaque maison que vous voyez, continua David, abrite trois ou quatre familles dans chaque étage, plus une échoppe au rez-de-chaussée. Ils ne savent plus quoi faire de leurs saletés...

– Ça n'a pas l'air de les gêner, fit remarquer Kounzi.

Manifestement, les gens qu'ils croisaient semblaient ne pas remarquer l'odeur qui envahissait les rues étroites. Ils étaient beaucoup plus intéressés par les jeunes Africains qui marchaient à côté de David et de Damian.

– Il va falloir qu'on vous trouve un costume rapidement, commenta David.

– Pourquoi ? Il n'est pas joli, le nôtre ? s'indigna Moutiti.

Et il montra son petit pagne de cuir juste assez grand pour lui couvrir les fesses.

– Mais si Moutiti, ta jupette est très mignonne, se moqua Damian. Mais ici, comme tu vois... On met des modèles un peu plus couvrants.

Les hommes et les femmes de Zanzibar, en effet, étaient tous enveloppés de tissus superposés. Ils portaient de longues tuniques qui descendaient du cou jusqu'aux chevilles, et avaient la tête coiffée de turbans qui dépassaient en visière sur le front et la nuque ou encore de voiles qui leur cachaient à moitié le visage. On trouvait toutes les couleurs de peau, du noir le plus noir au blanc le plus blanc, mais partout dans les rues qu'ils longeaient, Moutiti, Kounzi et Tchinza étaient seuls à ne pas avoir le corps dissimulé de la tête aux pieds.

– On voit trop d'où vous venez, poursuivit David. Il n'y a que les esclaves qui sont habillés comme vous. Et dans ce cas, ils marchent en colonne, avec des chaînes autour du cou, entourés de leurs gardiens armés de gourdins. Vous, vous ne portez pas de chaînes... Alors les gens se posent des questions. Regardez...

Croisant le regard d'une femme, la jeune Africaine comprit ce que voulait dire David. On ne voyait guère que ses yeux entre les plis du voile, mais à leur expression on devinait qu'elle avait peur de ces étrangers vêtus de pagnes, dont l'un portait une sagaie. Vite, Tchinza ramena sa cape de cuir devant elle de façon à cacher ses seins. Pour la première fois de sa vie, elle se sentait gênée, différente. Elle avait presque honte de ce qu'elle était. Un homme la bouscula pour l'obliger à se ranger sur le côté de la rue. Aussitôt, Kounzi se plaça devant elle, les sourcils froncés, les yeux mauvais.

– N'ayez pas peur, princesse, je suis là !

– Je n'ai pas peur ! grogna Tchinza, avec un geste brusque.

Elle se mordit les lèvres – voilà son sale caractère qui revenait... Elle s'était pourtant promis de changer. Elle ajouta d'une voix plus douce :

– Merci, Kounzi.

– Dépêchons-nous, dit David, plus vite nous arriverons, mieux ce sera ; inutile de nous attirer des ennuis.

Il pressa le pas en faisant signe au petit groupe de le suivre. Le labyrinthe des ruelles était encombré de minuscules boutiques collées les unes aux autres. Des tas de nourriture, de vaisselle, de tissus de toutes sortes s'étalaient jusque sur le trottoir ;

sans cesse, il fallait louvoyer entre ces marchandises déballées en désordre. Les trois Africains ne savaient plus où donner de la tête ; tout était si différent, si abondant, si divers !

– Ne me demandez pas de retrouver le chemin du port, commenta Kounzi, résumant l'impression de ses deux compagnons. Je suis complètement perdu !

– Et moi donc ! dit Tchinza. C'est encore plus difficile de trouver sa route ici que dans les monts Matabélé.

– Voilà ! Nous y sommes.

– Nous y sommes, où ? demanda Tchinza.

– À l'ambassade d'Angleterre. Nous logerons ici.

David montrait une porte, au coin d'une rue. Et quelle porte ! Elle était énorme, haute comme deux hommes et large comme dix, hérissée de grosses boules de métal jaune qui brillaient autant que des soleils. Deux mouzoungous en costume rouge se tenaient de part et d'autre, armés de longs fusils.

– Youhouh ! s'exclama Moutiti en levant les yeux. C'est le palais de votre reine ?

– Non, répondit Damian en riant. C'est juste notre ambassade auprès du sultan de Zanzibar. Le palais de notre reine pourrait contenir au moins cinq bâtiments comme celui-ci et il est entouré d'un jardin grand comme la ville tout entière.

– Toujours vantard, fit Moutiti, agacé.

Damian ne répondit pas.

Tchinza le regarda par en dessous. « Tiens, cette fois, il ne cherche pas à nous taquiner, se dit-elle. Pourtant, je suis sûre qu'il dit vrai : sa reine vit dans un palais cinq fois plus grand que cette maison et son royaume est cent fois plus grand que le mien... »

Encore une fois, elle songea à ce qu'il était, quand elle l'avait rencontré. « Il aurait traité Moutiti de sale petit singe. Et moi, je l'aurais traité de poisson mort, et il se serait mis à geindre et à appeler sa mère comme un bébé. Et maintenant... Il sourit tout le temps. »

Elle soupira en songeant à ce qui les attendait ; Damian et elle pourraient-ils rester amis ? Tant de choses les séparaient... Lui, le garçon blond du Nord, elle, la fille noire du Sud...

Elle n'eut pas le temps de poursuivre ses réflexions ; David montrait un bâtiment au toit crénelé, à l'autre bout de la rue.

– Vous voyez cette maison, là-bas ? C'était celle de Tippo, le trafiquant. Le marché aux esclaves est derrière. On y vend des hommes et des femmes d'Afrique, comme vous. Alors surtout, ne sortez jamais de l'ambassade sans moi, compris ?

Dans la direction qu'il montrait, on apercevait une agitation encore plus vive que dans les autres rues, mais Tchinza eut à peine le temps d'y jeter un coup d'œil. La lourde porte s'entrouvrait devant eux, comme par magie.

– Ici, vous êtes en sécurité, dit David en faisant passer la princesse devant lui.

Une fois dans le bâtiment, les trois Africains s'arrêtèrent net. Ils avaient le vertige. Encore un nouveau spectacle... C'était encore plus bizarre que la ville. La pièce dans laquelle ils étaient entrés était entourée de murs immenses sur lesquels étaient accrochés des alignements d'images encadrées d'or. Un escalier large comme une rue s'envolait devant eux, si long qu'on n'en voyait pas le bout. Et le plafond était si haut qu'il fallait se faire mal à la nuque pour le regarder. Tout, dans ce lieu, avait des dimensions inconnues, inimaginables. Instinctivement, Tchinza, Kounzi et Moutiti se serrèrent les uns contre les autres.

– Restez là, dit David tandis que la porte se refermait sur les trois Africains. Je reviens.

– Tu entends ? chuchota Kounzi en se penchant vers Tchinza. Il a changé de voix. On voit qu'il est chez lui, ici... Il parle plus fortement qu'avant.

– Et nous, répondit-elle, voilà que nous nous mettons à parler moins fortement ! Pourquoi chuchotes-tu ? Parce que nous ne sommes pas chez nous ?

– Ça, commenta Moutiti, c'est sûr : on n'est pas chez nous ! Difficile de faire semblant...

Le petit garçon avait raison. Tchinza se tut et essaya de comprendre les surfaces étranges qui l'entouraient. Des surfaces si droites, si plates, si hautes, et si blanches... Elle se concentrait pour ne pas avoir l'air d'une petite fille stupéfaite, et contemplait à la dérobée les images encadrées d'or, les meubles perchés sur des jambes aussi hautes que celles des hommes, le tissu des coussins disposés sur les sièges, doux comme un pelage de mangouste mais coloré comme le plumage d'un perroquet.

Moutiti, lui, était accroché à la cape de sa maîtresse comme s'il était sur le bord d'une falaise par temps de grand vent. Ses yeux restaient fixés sur ses doigts de pied nus, avec lesquels il tâtait le sol. Celui-ci était fait d'une matière lisse, brillante et blanche, qui ressemblait à la surface d'un bol de lait.

– C'est du marbre.

Damian lui montrait ce qui l'intriguait tant en souriant.

– Vous avez le droit d'avoir l'air étonné, reprit-il. Je vous promets que je ne me moquerai pas de vous. Regardez, voici notre reine... La reine Victoria.

Il montrait le mur de l'escalier. On y voyait, au milieu d'un cadre doré, une mouzoungou vêtue comme Ysabel, la mère de Damian, mais sa tête et ses bras chargés de bijoux brillaient comme les étoiles par temps sec.

– Elle ne bouge pas... murmura Moutiti, de l'angoisse dans la voix. Pourquoi est-ce qu'elle me regarde ? je n'ai rien fait...

Tchinza lui donna un grand coup de coude.

– Idiot, c'est une image ! De la peinture !

– De la peinture ? Comme les oiseaux que nous dessinons sur les poteries ?

– Oui, c'est un portrait, précisa Damian.

– Sa robe est en marbre ?

Cette fois, Damian ne put s'empêcher d'éclater de rire.

– Tu vois, tu te moques ! gronda Moutiti.

– Je te demande pardon, je ne recommencerai pas. Le marbre, c'est de la pierre qu'on a polie jusqu'à ce qu'elle reflète la lumière. La robe de la reine a des reflets, elle aussi, mais c'est du satin. Sur la tête, elle porte une couronne de diamants, l'insigne de sa royauté.

– Ma mère aussi porte les insignes de sa royauté, intervint Tchinza en fixant la reine mouzoungou droit dans les yeux. Un sceptre d'ébène, des colliers d'or en plus de son collier de perles bleues... (Elle fit une pause, pensive, avant de poursuivre :) Et son regard est le même. Un regard de souveraine...

Elle se tourna vers Damian, triomphante.

– Tu vois, nous ne sommes pas si différents.

– Tu as raison, il suffit de chercher. On finit par trouver.

– C'est vraiment de la peinture ? murmurait Moutiti, toujours incrédule. Elle est plate mais profonde en même temps.

Le petit serviteur avait gravi les quelques marches qui le séparaient du portrait et se hissait sur la pointe des pieds, le nez presque à toucher le bas de la robe de satin. Damian allait lui expliquer comment on donnait de la profondeur à un dessin grâce à la perspective quand un rugissement humain se fit entendre, qui résonna jusqu'au plafond.

Un homme en costume rouge descendait l'escalier en remuant les jambes à toute vitesse tout en hurlant des mots mouzoungous que les trois Shona ne pouvaient pas comprendre. Arrivé deux marches au-dessus de Moutiti, il se pencha sur le petit garçon, les joues aussi rouges que sa veste, de grosses gouttes de sueur tombant de sa moustache, d'un rouge plus orangé que le reste de sa personne.

Et il articula d'une voix de babouin, cette fois en souahéli :

– Dehors les Nègres !

– C'est plus clair comme ça, commenta Tchinza en prenant l'air dédaigneux que méritait la colère de cet homme ridicule.

Moutiti, quant à lui, avait filé en moins de temps qu'il n'en faut pour le dire jusqu'à la grosse porte en bois et s'acharnait sur la poignée.

– Un fou ! Un fou ! criait-il en essayant de sortir.

Kounzi avait eu un autre genre de réaction : en une enjambée, il s'était placé devant Tchinza, la sagaie menaçante, déjà prêt à lancer le cri d'attaque des guerriers shona.

L'homme rouge se mit à hurler à l'adresse de la porte en bois. Celle-ci s'ouvrit aussitôt en grand. Projeté en arrière par le mouvement, Moutiti fit un bond qui l'envoya s'asseoir sur le marbre à trois pas de là tandis que les deux gardes armés s'engouffraient dans le hall et se ruaient sur Kounzi... avant de se figer devant la lance pointée sur eux. Ils levèrent leurs fusils.

– Kounzi ! non ! hurla à son tour Damian en se glissant entre les gardes et la lance au risque de se faire embrocher.

Et il se mit à parler en anglais à l'homme rouge, doucement d'abord, puis de plus en plus fort comme il voyait que ses explications n'étaient pas acceptées.

Enfin, en désespoir de cause, au moment où les gardes l'empoignaient par les épaules pour l'écarter de leur passage, il cria vers le haut de l'escalier :

– David !

L'homme en rouge, lui, s'adressait à Kounzi en souahéli :

– Vous, la vermine, pas de Nègre, ici. Les esclaves, ça passe par la porte de derrière, et vous le savez !

– Nous ne le savons pas, répliqua Tchinza en écartant Kounzi et Damian d'une main sûre et calme. Mais je comprends votre erreur. Vous nous avez pris pour des esclaves. Or nous n'en sommes pas. Nous sommes des émissaires de la reine du pays shona, qui viennent rendre ses politesses à la reine Victoria.

Pour le coup, le silence se fit. Les gardes lâchèrent Damian, qui restait bouche bée. Kounzi abaissa sa lance, et l'homme rouge ouvrit de grands yeux. La scène était comme figée, chacun s'étant immobilisé dans sa position.

Soudain on entendit pouffer.

– Même ses blancs d'yeux sont rouges ! s'esclaffa Moutiti en tendant le doigt vers le mouzoungou ridicule, une main sur la bouche. Un vrai feu de brousse, ce type !

L'intéressé changea brusquement d'expression ; un sourire ironique fendit ses joues tandis qu'il mimait une sorte de révérence, son gros ventre l'empêchant de s'incliner très bas.

– Et comment son altesse est-elle entrée dans notre ambassade ?

Ce fut un des deux gardes qui répondit, sans cesser de pointer son fusil sur Kounzi.

– Elle était accompagnée du docteur Kerry.

L'homme rouge se tourna vers Damian. Le garçon changea d'attitude et imita autant qu'il pouvait l'air digne de Tchinza. Croisant les bras sur la poitrine, il redressa la nuque et lança :

– Ces visiteurs sont introduits par le docteur Kerry, en effet. Ils représentent un des plus grands royaumes africains de l'intérieur. Ils viennent signer une alliance avec l'Empire britannique.

Cette fois, l'homme rouge ne sourit pas. Il hésitait. On voyait qu'il se demandait si le garçon mentait ou si lui n'était pas en train de faire une grosse bêtise. Damian profita de son avantage :

– Attendez donc que mon beau-père arrive, accompagné de l'ambassadeur lui-même, et vous verrez... Je ne sais s'il appréciera la réception que vous faites aux émissaires d'Afrique ; vous savez combien il est important pour notre souveraine de nouer des alliances dans l'intérieur du continent...

– N'en parlons plus, lâcha Tchinza d'un ton magnanime sans même prendre la peine de regarder l'agresseur. Ce brave soldat ne pouvait deviner qui je suis.

Damian lui jeta un coup d'œil incrédule, mais elle continuait :

– Soldat, pouvez-vous demander au docteur Kerry qu'il se dépêche de revenir ? J'en ai assez de l'attendre dans ce hall.

Heureusement, l'homme rouge ne put voir l'expression du visage de Damian...

À ce moment précis, David rentra dans la pièce les bras chargés de tissus empilés, inconscient de la petite scène qui venait d'avoir lieu.

– Bonjour colonel, dit-il, vous venez de faire la connaissance de notre petite Tchin...

– Oui, l'interrompit Damian, en articulant si clairement ses mots que David leva les sourcils, intrigué. Le colonel Mortimer vient d'être présenté à la princesse Tchinza, fille de la reine du Grand Zimbaboué.

– Ce fut un honneur, balbutia le colonel à présent bien embarrassé, en reculant et en inclinant le menton.

À peine fut-il sorti du hall que Damian éclata d'un grand rire.

– Qu'est-ce... ? commença David.

– Ah, si tu l'avais vue ! expliqua Damian entre deux rires. Elle est impayable ! En une phrase, elle a retourné la situation ! Il les traitait de vermine, et cinq minutes plus tard, il part en faisant la révérence ! J'ai cru qu'elle jouait la comédie, mais non ! Elle s'y croit encore... Si tu avais...

Au fur et à mesure qu'il parlait, Tchinza se rendait compte qu'elle avait mal compris la situation. Elle avait adopté sans réfléchir cette attitude face à l'homme rouge, une attitude d'orgueil qui lui était naturelle... En riant ainsi, Damian lui rappelait qu'elle s'était fait passer pour ce qu'elle n'était pas, la fille d'une grande reine. Elle dont la mère était une esclave et qui n'avait même plus de quoi payer le prix de la nourriture qu'elle mangeait... La princesse se détourna brusquement comme si elle admirait encore une fois le portrait de la reine d'Angleterre – celle qui avait encore son royaume – mais surtout pour que Damian ne la voie pas souffrir.

David s'en aperçut et fit un signe à Damian, qui s'arrêta net au milieu de sa phrase.

– Si j'ai bien compris, dit David, Tchinza a montré de la dignité face au mépris. C'est exactement comme cela qu'il faut réagir, et le colonel Mortimer en a tiré la leçon.

– Oui, bien sûr, bredouilla Damian en rougissant. C'est ce que je voulais dire... Il fallait faire comprendre à ce type stupide...

– Les gens stupides ne m'intéressent pas, trancha Tchinza. Je me moque de ce qu'ils disent. Ce qui m'intéresse, c'est de sauver ma mère. Après, on passera au reste.

– Voilà qui est parlé, princesse ! conclut David avec un petit salut respectueux. Je vais commencer mon enquête aujourd'hui même, c'est promis. Mais avant cela, prenez ces tuniques et ces voiles ; il ne faut pas que vous restiez habillés comme ça, si vous ne voulez pas exciter la rage des gens stupides.

Tchinza se tenait devant la glace, dans sa chambre, au dernier étage de l'ambassade. Il faisait encore nuit, mais elle n'avait plus sommeil. Elle avait allumé la bougie posée sur la table à côté de son lit, s'était lavée dans la cuvette pleine d'eau placée sur un autre meuble et avait revêtu le voile donné par David : un long tissu de la couleur de ses perles bleues, cousu de fines broderies nacrées comme l'intérieur d'un coquillage.

« Chambre », « étage », « glace »... Des mots qu'elle avait eu le temps d'apprendre depuis trois jours qu'elle était arrivée à Zanzibar.

Elle examina son image. Avant cela, elle ne l'avait jamais vue ailleurs que dans l'eau de la rivière. Elle avait été ravie de se trouver belle, c'était vrai, mais elle était déjà lassée de se regarder. Voilà trois jours qu'elle attendait, enfermée dans l'ambassade, trois jours que David enquêtait dans la ville... sans succès.

Et puis cette pièce était trop petite, coincée entre les murs, qui eux-mêmes étaient coincés entre d'autres murs, et des murs au-dessus, en dessous... Où était le ciel ? Où était la terre ? On finissait par ne plus savoir. Et il faisait chaud, si chaud. Elle repensa à la colline des monts Matabélé, là où elle avait parlé à Damian pour la première fois sérieusement, à côté de la tombe où ils avaient aperçu l'esprit du chef transformé en lion.

Soudain, elle eut envie de voir le ciel et la nuit, de sentir le vent sur sa peau.

Elle sortit de la pièce, regarda dans le couloir : personne.

Elle s'avança dans le couloir... descendit l'escalier, se trouva devant la porte. Le garde lui barra la sortie.

– Mais j'ai chaud, je veux prendre l'air ! expliqua-t-elle.

– Vous ne pouvez pas sortir toute seule dans les rues. C'est dangereux.

– Il fait si chaud ! s'énerva la princesse.

– Dans ce cas, montez sur la terrasse, en haut des escaliers. Il y a des lits de repos.

Elle remercia le garde d'un sourire et fila le long des escaliers... Un étage, deux, trois... Ouf, enfin de l'air... Elle sortit par la porte ouverte, au bout du dernier étage, et se retrouva brusquement dehors. Elle était sur le toit de l'ambassade. Haut, très haut au-dessus de la ville. Presque aussi haut que sur une colline ou sur le sommet de la forteresse de Zimbaboué.

Devant elle, il y avait la mer et la lune, qui dessinait sur les vagues comme un chemin de lumière douce. À gauche et à droite de l'ambassade, on voyait d'autres toits, d'autres terrasses, alignées les unes derrière les autres, leurs pierres de corail luisant sous la clarté de la lune. Des silhouettes noires étaient couchées sur ces toits, enroulées dans des couvertures... À Zanzibar, les gens dormaient sur les terrasses plutôt que dans leurs chambres, semblait-il. Elle se retourna ; derrière, du côté de la ville, on voyait une de ces tours étroites qui dominaient les maisons, et un morceau de toit rond cannelé comme un melon. Plus loin, à l'est, le ciel était mauve... Le jour se levait. Le moment de la journée qu'elle préférait.

Elle s'accroupit à l'africaine, assise sur ses talons, les bras sur les genoux, et ferma les yeux... Nehanda était là, quelque part dans cette île, elle le sentait. Elle écouta la nuit qui s'en allait. Si elle était suffisamment attentive, elle entendrait sa mère l'appeler, elle en était sûre. Elle écouta encore et encore... On entendait des frottements venus des autres terrasses, un chien qui aboyait, un cri de mouette au loin...

« Maman... pensa très fort Tchinza, dis mon nom... »

Juste à ce moment, une voix s'éleva au-dessus de la ville.

Elle sursauta. Un homme chantait. Seul dans l'aube, là-bas, plus haut que le toit rond, dans la tour. La princesse s'empêcha de respirer... Peut-être répondait-il à son appel, peut-être lui disait-il où était Nehanda... Mais elle ne comprenait pas les paroles. Et pourtant, son chant était si beau. Sur les autres terrasses, les silhouettes allongées bougèrent, se redressèrent. À Zanzibar, la nuit était finie.

La journée commençait. Tchinza se leva à son tour et s'approcha du bord du toit ; dans la rue, en bas, des formes voilées et enturbannées se faufilaient. Plus loin, sur la rive, des barques glissaient sur le sable et s'élançaient vers le large... elle les suivit du regard. À peine leur voile à corne hissée le long du mât, elles filaient vers l'ouest, vers l'Afrique. Tout à coup Tchinza se sentit prisonnière. Elle soupira. Comment faire pour sortir de là ? Puisque David n'y arrivait pas, pourquoi ne partirait-elle pas elle-même à la recherche de sa mère ?

Le chant était fini. On entendait à présent des conversations sur les autres terrasses, quelqu'un allumait un feu dans une petite cage en métal, des odeurs de pain flottaient dans l'air... Des bruits de voix montaient de la rue... et un autre chant, fluet celui-là, une imitation très mal réussie de celui de l'homme de la tour. Cette voix... elle la connaissait. Tchinza se pencha.

– Eh ! Moutiti !

Un petit visage se leva vers le toit, en bas dans la rue.

– C'est toi qui chantes ?

– Oui ! C'est joli, non ?

– Bof... Il va falloir que tu t'exerces encore un moment. Qu'est-ce que tu fais là ?

– J'avais faim, princesse, alors j'ai cherché l'endroit où on fait à manger, là-dedans, et je l'ai trouvé.

– Mais tu es dans la rue !

– Oui, il y avait une porte, je l'ai poussée, et je me suis retrouvé dehors...

– Et les gardes ? Ils n'ont rien dit ?

– Il n'y a pas de gardes, à cette porte-là, c'est une toute petite porte, par où ils amènent la nourriture, dans la rue qui est près de la mer.

– Attends-moi !

– Attends-moi, toi, princesse ! Je voudrais voir comment c'est, là où tu es.

– Non, je descends, j'en ai assez d'être ici, je veux aller chercher Nehanda !

Chapitre 4

Le marché aux esclaves

Soudain, au détour d'un mur blanc, Tchinza et Moutiti le découvrirent.

Une place carrée, bordée de maisons entourées d'arcades, et des échoppes installées sous les voûtes. Au centre, des groupes d'hommes et de femmes serrés les uns contre les autres ; entre ces groupes, d'autres hommes et d'autres femmes marchaient lentement en bavardant, s'arrêtant de temps à autre pour observer on ne savait quoi.

– C'est là, murmura Tchinza.

– Comment le sais-tu ? Ça ne ressemble pas à un marché.

Moutiti n'avait pas tort : on ne voyait aucun étal de fruits ni de légumes ; pas de cages pleines de volailles, pas de chèvres au piquet, pas de paniers, pas de calebasses. Et surtout, aucun de ces cris joyeux que les marchandes lancent pour attirer le chaland en vantant la beauté de leurs produits.

– C'en est un, dit Tchinza d'une voix assourdie. Regarde bien.

Obéissant, Moutiti détailla longuement la scène qu'il avait sous les yeux. Les hommes et les femmes réunis en grappes étaient accroupis sur leurs talons, serrés les uns contre les autres, le visage baissé vers la terre mêlée de paille dont la place était couverte. C'étaient eux qu'observaient les passants qui bavardaient. Derrière, le long des arcades, se tenaient des gardes en tunique ; chacun d'entre eux avait la taille sanglée dans une ceinture de tissu torsadé où était passé un long poignard courbe.

À quelques pas des deux jeunes Shona, un passant s'arrêta devant un groupe accroupi et fit un signe. Un homme se leva. Très grand, très fort, il avait un peu l'air de Kounzi plus âgé. Mais au lieu de présenter à la foule l'attitude farouche du guerrier shona, il gardait obstinément le visage baissé vers le sol. Le client lui dit quelque chose ; le colosse releva la tête. Moutiti agrippa brusquement de sa petite main le voile bleu de sa maîtresse.

– Tu as vu ?

– Oui, j'ai vu.

Autour du cou de l'homme, il y avait un collier de fer fait de deux demi-cercles plats reliés par une charnière. Et du collier, sinistre bijou, pendait une chaîne qui s'en allait jusqu'au cou d'un autre homme, encore accroupi.

– Ces gens-là sont à vendre, dit Tchinza de la même voix sourde.

– À vendre ! répéta Moutiti dans un souffle. Comme des pastèques !

– Oui, et les autres viennent choisir leurs esclaves.

Moutiti observa ceux qu'il avait pris pour des flâneurs et qui étaient des clients. Comme dans les rues, le jour de leur arrivée, il y en avait de toutes les couleurs. Des Noirs et des Arabes, vêtus d'un long manteau noir ou brun passé sur une tunique blanche, la tête coiffée d'un turban d'où pendait une frange. D'autres, à la peau couleur de bronze et aux cheveux lisses, portaient un turban serré, arrangé en une multitude de petits plis croisés ; les mouzoungous en pantalon se protégeaient du soleil sous de grands chapeaux de paille ou des casques couverts de toile blanche...

Les esclaves accroupis, eux, étaient tous noirs et tous vêtus de pagne. Tchinza examina leurs scarifications, leurs ornements... On pouvait ainsi reconnaître le peuple d'origine : il y avait là des Zaramo, des Makondé, des Shona et des Gniamgniam, qui vivaient pourtant loin dans le Nord.

– Regarde, dit Moutiti d'une voix triste. Il y a même des Zoulous.

Il montrait un guerrier accroupi reconnaissable à son pagne en peau de léopard, qui n'était plus qu'une guenille déchirée.

– Ils font moins les fiers, comme ça ! commenta Moutiti, qui n'oubliait pas le temps qu'il avait passé prisonnier dans le village de Shaka, le roi des Zoulous.

Le guerrier, en effet, n'avait plus rien des combattants pleins de morgue qui avaient enlevé Tchinza, une année plus tôt. Il ne regardait pas le sol, lui, mais le ciel, avec un air suppliant, comme si Shaka allait soudain jaillir des nuées et l'emporter jusqu'aux rives du fleuve Limpopo. La princesse sentit sa gorge se serrer. Si des combattants aussi farouches que les Zoulous pouvaient être ainsi changés en enfants perdus, qu'en était-il de Nehanda, qui n'avait jamais porté une arme de sa vie ?

– Ma mère est là...

– Je ne peux pas y croire !

– Pourtant...

– Non ! protesta Moutiti en secouant la tête obstinément. La reine des Shona ne peut être vendue comme... comme ça. Personne n'oserait...

– Ne rêve pas, Moutiti. Si Bola la Sorcière a osé, pourquoi ces marchands d'esclaves n'oseraient-ils pas ?

Cependant, Tchinza, elle aussi, était incrédule. Dans un coin de son esprit, une petite voix lui chuchotait que jamais la reine des Shona n'accepterait d'être vendue comme du bétail, qu'entre l'esclavage et la mort, elle n'hésiterait pas... Mais en même temps, Tchinza ne voulait pas écouter cette petite voix. Elle préférait que sa mère soit esclave plutôt que morte.

– De toute façon, dit-elle pour se rassurer, elle n'a rien pu faire, elle n'avait pas d'arme, elle ne pouvait pas se battre, et avec ces chaînes, impossible de s'échapper... Donc elle est là, j'en suis sûre, elle est là.

– Mais si elle a été vendue, elle n'est plus là, fit remarquer Moutiti, soudain plein de bon sens.

Tchinza n'avait rien à répondre à cela. Elle rabattit son voile bleu sur son front et le maintint sur sa joue d'une main.

– Il faut aller voir.

Moutiti lissa le tissu blanc de la petite tunique que lui avait donnée David pour cacher son pagne et s'efforça d'adopter l'expression d'un client en quête d'une bonne affaire, sourcils froncés et œil intéressé. Tous deux s'engagèrent dans les allées ménagées entre les groupes d'esclaves à vendre.

Le pas lent, imitant la posture des passants, la maîtresse et le serviteur marchaient tout en scrutant les visages noirs accroupis devant eux. Celui de Nehanda s'imposait à l'esprit de Tchinza, ce beau visage calme qu'elle n'avait pas vu depuis... depuis si longtemps. Le désir de revoir sa mère devenait si fort qu'elle sentait comme un feu lui brûler la poitrine. Et plus défilaient devant elles ces hommes et ces femmes dont les pagnes et les scarifications lui rappelaient les savanes de son enfance, plus l'émotion lui brouillait la vue. Et plus elle se rendait compte que c'était une très mauvaise idée d'être venue en ce lieu. Même enveloppée dans un voile, elle ne ressemblait absolument pas aux clients qui déambulaient dans les allées. Elle ressemblait aux esclaves accroupis devant elle. Elle devait faire des efforts de plus en plus grands pour chasser la peur qu'elle sentait monter dans son ventre.

Soudain, elle s'arrêta net. Moutiti lui rentra dedans.

– Quoi ? Tu l'as trouvée ?

– Non. Mais regarde... les sales types.

– Quoi ? Des sales types, il y en a partout dans les allées, ici !

– Les deux, là, appuyés au pilier de l'arcade...

Du regard, la princesse indiquait un coin de la place, derrière les esclaves. Deux mouzoungous se tenaient là, en chemise sale et sandales de cuir. Leurs pantalons larges et courts étaient serrés à la taille par une ceinture de cuir où était glissé le même poignard courbe. De leur poignet pendait la courroie d'un lourd gourdin de bois noir.

– Je les ai déjà vus.

Ils ne portaient plus leurs fusils ni leurs cartouchières, mais Tchinza les reconnaissait. Comment aurait-elle pu les oublier ? Ils étaient là, le jour où elle avait rencontré Kounzi, dans le village au pied des monts Matabélé – et ce jour-là, Kounzi lui aussi était enchaîné.

– Je me souviens d'eux. Manoel et Jaïram.

– Jaïr... Ce sont les noms qu'a donnés le vieux prêtre. Tu les reconnais ?

– Ils étaient là, le jour où nous avons attaqué Tippo pour délivrer les esclaves. Kounzi me les avait montrés. Jaïram est le mouzoungou en chapeau de paille, à droite. Manoel est celui d'à côté.

– Ceux qui ont acheté Nehanda.

Tchinza ne put s'empêcher de frissonner. Instinctivement, elle ramena son voile encore un peu plus bas sur son visage. Ses cheveux courts, ses perles, ses traits... Elle savait qu'elle ressemblait à sa mère.

– On devrait rentrer, princesse, dit Moutiti en jetant des coups d'œil inquiets autour de lui. Toi et moi, on ne ressemble pas aux gens d'ici. On voit bien qu'on n'est pas tout à fait comme eux.

– Mais si, répondit Tchinza pour se rassurer elle-même. Regarde, les Souahélis sont aussi noirs que nous.

– Oui, mais tout de même. Moi, je vois bien que tu n'es pas une Souahélie. Et puis, tu es trop jeune pour venir acheter un esclave au marché. Et moi, on voit mes scarifications de Shona par le col de ma tunique.

Comme pour donner raison au petit garçon, ils sentirent tous deux un regard insistant posé sur eux. C'était celui d'un vieil Arabe. Il s'en allait du marché, avec l'air satisfait et pressé de celui qui a fini de faire ses courses, quand son attention avait été attirée par Tchinza. Il s'était arrêté et fixait tour à tour la princesse et son serviteur avec des yeux perçants comme des aiguilles. Au bout de la chaîne qu'il tenait dans la main, il y avait un petit Africain en pagne. On voyait à la parure de fourrure qu'il portait aux chevilles que c'était un Ndébélé.

– Il a mon âge, chuchota Moutiti d'une voix pleine de terreur.

Et sous le coup de la panique, il s'agrippa plus fort au voile de Tchinza. Geste malheureux. Le tissu bleu glissa sur les épaules de la princesse, révélant ses cheveux courts. Le vieil Arabe tendit la main vers Tchinza. La princesse et son petit serviteur firent le geste de s'éloigner, mais il retint le voile et les perles bleues de Tchinza apparurent au grand jour.

– Dis donc ! l'apostropha l'homme. Ce ne sont pas les perles d'une Souahélie, ça. C'est un collier shona ! Qu'est-ce que tu fais là à te promener toute seule ?

Tchinza voulut s'arracher aux longs doigts maigres de l'inconnu, mais déjà il criait à l'adresse des gardes qui se tenaient en arrière :

– Regardez, là, une esclave s'enfuit !

Aussitôt, ce fut la panique. Du coin le plus éloigné de la place, Jaïram et Manoel se ruèrent droit devant eux, piétinant les hommes et les femmes accroupis au sol. Des cris jaillirent, des gémissements... Les deux marchands s'en moquaient, ouvrant le passage à coups de gourdin.

Tchinza et Moutiti n'étaient plus que des enfants terrorisés. Oubliant tout bon sens, ils se mirent à courir. Et ce fut pire : leur course même indiquait aux passants qu'ils étaient les fugitifs désignés par le vieil homme. Devant eux, il y eut bientôt un mur humain. Ils firent demi-tour et sautèrent en bonds agiles par-dessus les esclaves, qui s'écartaient sur leur passage et se resserraient aussitôt les uns contre les autres pour gêner leurs poursuivants en dépit des coups qu'ils recevaient.

Bientôt, Moutiti et Tchinza furent sous les arcades. Légers comme des impalas, ils se faufilèrent entre les étalages des échoppes, renversant sur leur passage les tas de calebasses, les rouleaux de tissu, les vaisselles de cuivre empilées sur des étagères, le long des murs. Tant et si bien que le voile bleu de

Tchinza resta accroché par le coin d'un volet. Et plus que jamais l'on vit ce qu'elle était : une Shona droit venue de sa terre, vêtue de son seul pagne de cuir et de ses bijoux, le corps souple et superbe. Et une Shona qui excellait à la course – son nom ne signifiait-il pas antilope ? Ses longues jambes la portaient loin devant elle, solides, sûres, puissantes. Les poursuivants empêtrés dans leurs tuniques et leurs pantalons larges perdaient toujours plus de terrain... Tchinza accéléra encore, portée par l'espoir comme un oiseau par le vent.

Toujours bondissant, sautant, courant, elle atteignait déjà le débouché de la rue qui conduisait à l'ambassade lorsqu'un cri retentit derrière elle.

– Princesse !

Elle jeta un coup d'œil par-dessus son épaule et vit au loin Moutiti qui se débattait dans les bras d'un Manoel hilare. Encore une fois, sans ralentir, elle fit demi-tour et reprit sa course vers le petit serviteur. Une fois de trop... Le mur humain était de nouveau là. Quand elle fut près de Moutiti, il se referma autour d'eux.

Ils se trouvaient maintenant au centre d'un cercle serré de tuniques et de turbans multicolores. Plusieurs poignes vigoureuses s'étaient emparées en même temps de leurs bras et de leurs épaules. Ils étaient cloués sur place. Moutiti roulait des yeux effarés, trop choqué même pour crier. Tchinza pouvait à peine respirer tant elle haletait, oppressée, affolée.

« Calme-toi, se répétait-elle, tu es la fille de Nehanda... »

Elle respira un grand coup. Tout était perdu, autant être digne. Elle se redressa, la nuque raide, les yeux hostiles.

– Lâchez-moi. Vous commettez une erreur. Je ne suis pas une esclave. Je suis la princesse Tchinza, de Zimbaboué. (Elle montra ses perles.) Ce collier en est la preuve.

Un éclat de rire accueillit ses paroles. Puis un mouvement se fit dans la foule, qui s'écarta. Manoel se tenait devant elle. Il balançait son gourdin noir au bout d'une main et lui tendait le voile bleu de l'autre.

– Une princesse ! Quelle prise ! Moi aussi, j'ai un collier... pour toi. Un autre genre de collier...

D'un geste vif, Tchinza s'enveloppa du voile que lui rendait le marchand d'esclaves tout en se dégageant à coups de coude des importuns qui la serraient de près.

– Ne me touchez pas ! lâcha-t-elle, dégoûtée. Je suis sous la protection de l'ambassadeur d'Angleterre ! Allez chercher le docteur Kerry, il vous le dira.

Cette fois, le rire général fut encore plus fort.

– Une amie de l'ambassadeur d'Angleterre ? intervint Jaïram, qui gardait dans la main le col de la tunique de Moutiti, sans même prêter attention aux gigotements désespérés du petit garçon. Pourquoi pas une amie du sultan ? ajouta-t-il.

– Tu appartiens à l'ambassadeur ? demanda Manoel, plus sérieusement.

– Par Mouari, non ! je suis libre ! s'exclama Tchinza fortement, sans même réfléchir.

– Merci princesse, rétorqua Manoel du tac au tac. Quel cadeau ! Une esclave qui vient se livrer elle-même, toute seule, droit au marché !

– Je vous dis que je suis libre, répéta Tchinza pleine de morgue. Je n'appartiens à personne.

Elle se rendait compte tout en parlant qu'elle ne faisait qu'aggraver la situation : ce qui avait marché avec le colonel Mortimer, ne marchait pas avec ces gens-là. Fille de reine ou pas, quelle importance pour les trafiquants d'esclaves ? Ils ne voyaient devant eux qu'une Africaine en bonne santé qui, de plus, comble de la bêtise, leur expliquait qu'elle n'appartenait à personne ! Mais c'était plus fort qu'elle, elle ne pouvait feindre d'être une misérable domestique.

– Tu n'appartiens à personne ? ironisa Manoel. Un esclave sans propriétaire, ça n'existe pas. Donc tu es à moi.

– Ah non ! c'est moi qui l'ai trouvée !

Le vieil Arabe approchait, se frayant un passage entre les tuniques, l'enfant ndébélé derrière lui, toujours au bout de sa chaîne. Voûté, son manteau noir trop grand pour son corps décharné, il crachotait dans sa barbe jaunâtre tout en fulminant :

– C'est moi ! Je l'ai trouvée ! C'est moi qui l'ai vue le premier ! C'est moi !

– Elle est à toi ? demanda Manoel.

– Oui ! euh, non... balbutia le vieil Arabe, avant de reprendre plus calmement : Non, mais elle est à personne, elle vient de le dire. Si elle avait un propriétaire, je la rendrais. Comme elle n'en a pas, elle est un objet trouvé, et donc elle m'appartient.

– Ce n'est pas mal raisonné.

Manoel se retourna vers Tchinza et la détailla des pieds à la tête, indifférent à la moue méprisante dont le gratifiait la princesse shona. Pour la première fois, Tchinza regretta d'être en si bonne forme. La conclusion du trafiquant était inévitable.

– Une bonne acquisition, vraiment. Elle m'intéresse, est-ce que tu me la vendrais ?

Le vieil Arabe détailla à son tour la jeune fille, eut l'air d'hésiter, puis lâcha d'un ton conciliant :

– Il est vrai que je n'en ai pas l'usage. J'ai déjà trois esclaves à la cuisine, et celle-là m'a l'air peu docile. D'accord. Combien ?

– Pas trop cher, elle ne t'a rien coûté.

– Je n'ai rien à répondre à cela, ricana le vieillard. Je te laisse juge.

Manoel glissa son gourdin à sa ceinture, attrapa sous sa chemise une poche de cuir d'où il sortit de larges pièces d'argent toutes rayées. La transaction se faisait sous les yeux de la foule, qui approuvait joyeusement, soulagée de voir l'affaire si bien se terminer.

Tchinza, elle, sentait revenir la panique. Et la honte : elle avait commis deux erreurs graves ; elle avait désobéi à David en négligeant ses avertissements, et elle était restée campée dans son orgueil au lieu d'essayer de s'en sortir par la ruse.

« Mais non, se dit-elle pour se rassurer, quelle ruse pouvait marcher avec ces gens-là ? Espérons... On viendra nous chercher. »

Puis elle se souvint qu'ils étaient sortis de l'ambassade sans rien dire à personne.

« Comment David et Damian pourraient-ils deviner... ? » songea-t-elle, plus angoissée que jamais.

Le vieillard, lui, comptait son argent avec force postillons. Puis il lâcha, tout en glissant les pièces dans sa ceinture :

– Mais je garde le gosse, j'en ai besoin pour remuer mon éventail.

Moutiti fit une grimace horrifiée, de grosses larmes apparurent sur ses joues. Son acquéreur tendit la main et, d'un geste expert, prit la joue du petit garçon entre le pouce et l'index pour vérifier qu'il était bien nourri. Jaïram desserra sa poigne, prêt à donner sa prise à son nouveau maître. Geste imprudent... En un dernier gigotement, Moutiti se dégagea et, se trouvant libéré, plongea sans crier gare entre les mollets des assistants, si rapide que personne ne put le retenir au passage.

– Vas-y, Moutiti ! cria Tchinza en shona. Cours ! Cours !

Le petit serviteur n'attendait que cet encouragement. Échappant à toutes les tentatives de l'attraper, il laissa sa tunique entre les mains d'un poursuivant et fonça en louvoyant au ras des genoux, aussi vif qu'un poisson dans le courant, zigzaguant, imprévisible dans sa course, nerveux, glissant entre les doigts, qu'il mordait sans complexe quand l'occasion se présentait. En un rien de temps, il fut loin, entre des passants qui ignoraient tout de la scène.

Le vieil Arabe lançait des jurons en arabe tandis que Manoel éclatait de rire.

– Il était trop malin pour toi, vieil homme. Tant pis. Moi, je garde la demoiselle !

Et il resserra une poigne de fer sur le bras de Tchinza, qui comprit qu'on ne la laisserait pas partir si facilement. Elle se débattit pourtant, avec la force du désespoir...

Un long poignard courbe apparut devant elle.

– Si tu remues encore, je te coupe ton joli nez !

L'arme était superbe, ciselée d'arabesques, avec une garde en argent et un manche en ivoire sculpté, mais Tchinza ne regardait que le fil, d'une finesse qu'aucun forgeron shona n'aurait pu atteindre. Nul doute que l'homme était prêt à mettre sa menace à exécution. Un frisson glacé courut dans le dos de Tchinza. Elle était esclave.

Chapitre 5

Attaque nocturne

Tchinza pleurait. Elle ne cherchait pas à retenir ses larmes, cette fois. Elle avait quitté toute dignité, elle n'était plus qu'une petite fille abandonnée. Accroupie contre le mur, les genoux relevés, la tête enfouie dans ses bras croisés, elle avait sangloté de désarroi toute la journée. À présent, elle savait ce que c'était, le malheur. Chaque fois qu'elle ouvrait les yeux, la première chose qu'elle apercevait était la chaîne qui pendait de son cou jusqu'à terre, sa chaîne d'esclave.

Elle était la seule à pleurer, dans cet entrepôt où l'avait conduite Manoel. Pourtant, elles étaient au moins cent femmes, toutes alignées comme du bétail sur la paille. Les esclaves hommes étaient parqués ailleurs, elle ne savait pas où. Elle ne voyait plus le monde extérieur que par la porte ouverte de l'entrepôt ; là, autour d'un foyer où grillait de la viande étaient installés une dizaine de gardes. Plus loin, par-dessus les maisons, on voyait le ciel prendre les couleurs du soleil couchant.

Les autres ne pleuraient pas, et pourtant Tchinza ne pouvait même pas regarder leurs visages tellement ils étaient tristes. Ils lui semblaient comme vides, déjà résignés, incapables d'exprimer aucune souffrance... Alors la princesse préférait garder la tête enfouie dans ses bras croisés et regarder sa chaîne.

Ça ne la gênait plus de pleurer devant tout le monde ; il n'y avait personne pour la regarder – personne qui compte, du moins. Ni Moutiti, ni Damian, ni Kounzi... Elle était seule, comme jamais elle ne l'avait été de sa vie. Elle n'avait plus de royaume, plus de mère, plus d'amis.

Même quand elle avait été prisonnière du roi zoulou Shaka, elle était restée une princesse, une otage importante et respectée. Mais là... elle n'était plus qu'une pièce de bétail qu'on allait vendre sur le marché... Et le seul bien qui lui restait étaient les perles bleues qui l'avaient conduite là, dans ce lieu de toutes les infamies. Elle crispa les doigts sur son collier comme pour l'arracher de son cou et le jeter au loin, mais il était bien attaché, presque aussi solide que cet autre collier qu'on lui avait passé, ce collier de fer où était accrochée la chaîne. Elle relâcha la tension. Si les perles refusaient de la quitter, peut-être était-ce un signe ? Peut-être voulaient-elles lui dire ainsi qu'elle, Tchinza, restait elle-même, même dépouillée de sa dignité d'être humain. Dans un hoquet, elle essuya son nez et ses joues d'un geste rageur, comme l'aurait fait Moutiti.

– Tu as de jolies perles bleues...

Tchinza tourna la tête. Une vieille femme lui avait parlé. Elle avait les lourds pendants d'oreilles que portent les femmes du peuple zaramo.

– C'est tout ce qui me reste, murmura Tchinza, je suis une Shona.

– Je le sais, je connais ces perles.

Pour le coup, le dernier sanglot de Tchinza s'arrêta dans sa poitrine.

– Comment ça, tu connais ces perles ?

– Je sais que ce sont les perles de la famille royale de Zimbaboué. Elles sont très anciennes.

– Comment sais-tu cela, toi qui es une Zaramo ?

– Cela fait plusieurs mois que je suis dans ce marché... Personne ne veut m'acheter... je suis trop vieille. Pourtant, j'aimerais bien être achetée ! Si je ne suis pas bientôt vendue, un de ces jours, Manoel me fera tuer discrètement. Mais en attendant, je reste là. À ne rien faire ; je vois passer les autres, ceux qui arrivent de l'intérieur de l'Afrique, ceux qui partent...

– Mais où partent-ils ?

– Sur la mer... vers le nord... ils ne reviennent jamais... Alors, quand ils arrivent ici, je leur demande leur nom et ceux de leurs ancêtres avant qu'on les emmène ailleurs. Autrement, une fois qu'ils seront partis au loin, leur esprit s'évanouira, car il n'y aura plus personne pour les connaître.

– Ne l'écoute pas ! Elle débloque !

La jeune fille qui était intervenue portait des scarifications que Tchinza ne connaissait pas. Elle était grande, avec une bouche toute ronde et un nez droit d'Arabe. Il lui manquait deux dents du bas. Tchinza se souvenait que sa mère lui avait raconté que, dans le nord de l'Afrique, on arrachait deux dents aux enfants pour laisser sortir la maladie quand ils avaient la fièvre.

– Elle débloque, répéta la jeune fille. Les esclaves qui partent d'ici vont travailler dans les plantations de girofliers, sur l'île de Zanzibar. Ou bien ils sont envoyés dans la terre d'Arabie. Ils ne disparaissent pas.

– Ils ne reviennent jamais... reprit la vieille. Il faut que je garde leurs noms en mémoire.

– Ils ne reviennent jamais parce qu'ils meurent d'épuisement, coupa la jeune fille.

Mais la vieille ne l'écoutait pas.

– Ce sont eux qui me donnent leurs noms, et ils me récitent ceux de leurs parents, de leurs grands-parents, pour que je les répète à ceux qui arrivent Je suis la mémoire des esclaves qui passent dans le marché. Ainsi ils continuent d'exister. Je me souviens de tous les noms ; je me les récite toute la nuit.

Elle se tourna vers la jeune fille.

– Tu seras bien contente que je me souvienne de toi quand tu partiras... Tu es Kaleo, et tu viens de la terre des Massaï. Est-ce que tu n'es pas moins triste de savoir que, lorsqu'un Massaï viendra qui te connaît, il entendra ton nom dans la liste que je lui réciterai ?

– Et combien de Massaï passent par ici ? Et quelle chance il y a pour que justement, il y en ait un qui me connaisse ? Et qui t'entende ?

Sans lui répondre, la vieille se mit à murmurer en fermant les yeux :

– Niati, Makondé, Thandeka, Zoulou, Adotei, Kikouyou...

– Arrête-la ! ricana la jeune Kaleo. Sinon, elle en a pour toute la nuit !

Mais la vieille continuait en se balançant d'avant en arrière, très vite, comme si elle avait peur d'oublier un nom dans sa liste :

– ... Thandi, Zoulou, Olekina, Kikouyou, Tambou, Shona, Katom...

– Shona ? s'exclama Tchinza, qui sentit soudain ses mains trembler. Tu vois passer des Shona ?

Un espoir si gros qu'elle ne pouvait plus parler gonflait la gorge de Tchinza. La vieille rouvrit les yeux et se tourna vers la princesse.

– Oui, répondit-elle avec un sourire énigmatique. Et j'ai aussi vu passer tes perles...

– Mes perles ? Tu veux dire les mêmes que les miennes ?

– Je les ai vues sur le cou d'une femme. Une femme de grand courage. Une Shona. La reine des Shona.

– Nehanda ! Tu as vu ma mère !

– Nehanda est ta mère ? Oui, bien sûr, tu lui ressembles tellement ! Sauf qu'elle ne pleurait pas.

Tchinza fut vexée, mais elle dit seulement :

– C'est fini, je ne pleure plus.

– Tu vois, dit la vieille en se tournant vers Kaleo. Tu vois comme j'ai raison de faire ce que je fais. La princesse est contente de m'entendre prononcer le nom de sa mère...

– Pas besoin de se torturer toute la nuit pour ça, vieille femme, moi aussi je me souviens de Nehanda. Pas difficile, ça fait moins de dix jours que c'est arrivé !

– « ... que c'est arrivé » ? Qu'est-ce qui est arrivé ? demanda Tchinza.

Mais ni Kaleo ni la vieille n'ouvrirent la bouche pour lui répondre. Toutes deux baissèrent les yeux vers leurs chaînes, comme Tchinza auparavant.

– Qu'est-ce qui est arrivé ? répéta Tchinza, cette fois avec de l'inquiétude dans la voix.

Toujours pas de réponse. Tchinza se rendit compte qu'elles n'étaient pas seules à se taire ; dans l'entrepôt, autour d'elles, on avait fait le silence. On n'entendait plus rien que le bruit du foyer qui crépitait devant l'entrée de l'entrepôt, et un murmure de voix, à l'extérieur.

Tchinza agrippa le bras de la vieille et le serra jusqu'à lui faire mal.

– Raconte ! Tu ne peux pas te taire comme ça ! Ou alors il ne fallait pas me parler de Nehanda !

Mais la vieille, au lieu de lui répondre, se remit à psalmodier sa liste de noms les yeux fermés :

– Kouloungou, Gniamgniam, Moungou, Sumboua...

Tchinza allait se mettre à secouer la vieille sous l'effet de la rage, quand Kaleo leva la main :

– Ce n'est pas la peine de lui faire mal, je vais te raconter. Tu dois le savoir, puisque tu es la fille de Nehanda.

Elle s'interrompit un instant, examina le visage de Tchinza et reprit :

– La vieille a raison, ta mère était une femme de grand courage...

– « Était... » ? s'écria Tchinza.

– Est, était... nous ne savons pas. Il y a dix jours, elle était ici, à ta place. Elle était arrivée depuis deux jours seulement. Dans la journée, des gens étaient venus au marché, des gens du sultan. Ils étaient intéressés par Nehanda – elle était si belle, si noble... Tout le monde la regardait. Plusieurs personnes avaient voulu l'acheter, mais Manoel en demandait trop cher. Il disait à tout le monde que c'était une grande reine, très intelligente. Les gens du palais ont dit à Manoel de l'y amener le lendemain, que peut-être la sultane Salmé l'achèterait ; elle cherchait une esclave africaine et n'aimait pas les femmes qui avaient l'air soumis ou minable...

– Minable comme moi... Personne ne veut de moi, coupa la vieille avec un petit ricanement résigné.

Kaleo continua comme si elle n'avait pas entendu :

– Dans la nuit, Nehanda nous a dit qu'elle n'irait pas au palais, qu'elle ferait tout pour s'échapper avant d'y entrer et...

Encore une fois, la vieille mit son grain de sel :

– Elle avait tort, c'est une chance d'être achetée par une sultane. On est sûr de ne jamais aller travailler dans les plantations...

– Chacun sa façon de voir... reprit Kaleo en levant les yeux au ciel, exaspérée. Nehanda, elle, pensait autrement. Elle a fait exprès de se blesser en se frottant l'épaule avec son collier de fer, et elle a fait appeler Jaïram ; elle lui a dit que le collier était mal fixé, qu'il devait le lui enlever, autrement elle arriverait en sang devant la favorite.

– Elle a fait exprès de demander à Jaïram, pas à Manoel, intervint la vieille. Jaïram est le moins malin et le moins cruel des deux.

– Jaïram a hésité, puis il a cédé. Il a enlevé le collier. Le lendemain, Nehanda est partie sans chaîne, entre deux hommes.

– Elle m'a souri, dit encore la vieille. Et elle m'a chuchoté ceci : « Tu diras aux Shona qui viennent après moi que leur reine est retournée à Zimbaboué. »

– Le reste, c'est Manoel qui nous l'a raconté, le soir...

– Elle est morte, murmura la vieille. Elle est morte comme une reine. Elle a été tuée en s'échappant. Jaïram l'a tuée d'un coup de poignard...

Tchinza ferma les yeux ; devant elle, elle vit sa mère fuir en bondissant dans les rues de Zanzibar, comme elle-même l'avait fait plus tôt dans la journée, et Manoel lui courir après, son poignard à la main... Elle sentait la lame entrer dans sa chair, elle avait l'impression que c'était elle, Tchinza, qui allait mourir de la blessure...

– Mais non ! s'exclama Kaleo. Ne l'écoute pas ! Nous ne pouvons pas en être sûres ! Il ne faut pas croire Manoel. Il ne pouvait pas nous dire ce qui s'est vraiment passé. Il nous a raconté qu'elle était morte parce qu'il ne fallait pas que nous puissions croire qu'elle avait pu s'échapper. Si ça se trouve, à l'heure actuelle, elle est en route vers l'Afrique, mais il devait nous dire qu'il l'avait tuée pour nous couper toute envie de faire comme elle.

– Il nous a montré le poignard ensanglanté... dit la vieille d'une voix sinistre, les yeux exorbités.

– Et alors ? gronda Kaleo. Tu ne le crois pas capable de mettre du sang de mouton sur son poignard pour nous faire peur ?

Tchinza ne savait plus quoi penser. Elle tourna la tête vers l'entrée de l'entrepôt. La nuit était tombée, à présent. On apercevait une grosse lune ronde et claire comme perchée au sommet d'une tour, loin dans la ville. La princesse essaya de réfléchir... Fallait-il croire la vieille ? Après tout, elle était moins folle qu'elle n'en avait l'air, et c'était elle qui avait reconnu les perles bleues. Mais l'argument de Kaleo était plein de bon sens.

– Ne donne pas d'espoir vain à la princesse, dit encore la vieille. Il faut qu'elle fasse le deuil et qu'elle ne l'imite pas : on ne s'échappe pas des mains de Manoel.

Elle ferma les yeux et reprit, avec une expression de lassitude infinie sur le visage :

– Bagika, soukouma, Nehanda, shona, Ibogo, nogoni...

Soudain, un grand bruit se fit entendre à l'entrée de l'entrepôt. Toutes les esclaves tournèrent la tête ; des éclats de voix, des corps qui s'entremêlaient, la lueur des sabres, et un hurlement... Un homme venait de tomber dans le foyer et se releva les vêtements en feu. Il y avait une vraie bataille, là, dehors. Les esclaves, une à une, quittaient leur position accroupie et se relevaient pour mieux voir. Mais on ne distinguait que des mouvements confus où glissaient des reflets de lune.

Alors Tchinza vit une silhouette s'encadrer dans l'entrée, un instant seulement, celle d'un homme engagé dans la lutte, rapide comme l'éclair, et disparu sitôt qu'entrevu. Mais elle avait eu le temps de distinguer une épaule noire, un visage de guerrier, une lance courte...

– Kounzi !

Déjà la silhouette avait disparu.

– Tu sais qui c'est ? demanda Kaleo, ses yeux écarquillés.

– Un guerrier shona. Un ami...

– Un esclave ?

– Non ! Un homme libre... qui vient nous libérer.

Au moment même où elle prononçait ces mots, une autre silhouette apparut à son tour dans l'entrée, toute petite, celle-là, qui se faufila dans l'entrepôt en criant :

– Princesse ! Tchinza ! Tchinza ! Où es-tu ?

– Moutiti ! Ici, je suis ici, vite !

Et la petite silhouette noire se dirigea droit sur elle. Quand elle fut tout près, Moutiti apparut dans un rayon de lune qui tombait d'une étroite fenêtre perchée haut dans le mur. Il était chargé d'un marteau et d'une énorme pince trop lourds pour lui.

– Vite, dépêche-toi d'ouvrir ça !

Et il lui tendit ses outils. Aussitôt, Tchinza entreprit d'actionner la pince sur les maillons de la chaîne, mais ceux-ci étaient épais et ses mains à peine assez grandes pour exercer une pression sur les deux longues poignées de l'outil.

– Tu n'y arriveras pas ! lança la vieille. Mais maintenant, je connais ton nom, pour ma liste : Tchinza, shona, Nehanda, shona...

– Boucle-la ! hurla Tchinza en appuyant de toutes ses forces sur les tenailles.

– Dépêche-toi, répéta Moutiti, Kounzi ne pourra pas les retenir longtemps.

– Comment ça ? demanda la princesse sans cesser d'appuyer sur la pince. Tu veux dire qu'il n'y a que Kounzi avec toi ?

– Oui, Damian et David n'étaient pas d'accord pour venir. Ils disaient que ça ne servait à rien, que les lois de Zanzibar ne les autorisaient pas...

– Tais-toi ! Je ne veux pas le savoir !

– Damian, David ? reprit Kaleo. Ce sont des noms de mouzoungous, ça. Tu veux dire que tu attendais que des mouzoungous te sauvent ? Tu es une ignorante, princesse ! Les mouzoungous achètent des foules d'esclaves aux Souahélis.

– Taisez-vous, vous m'empêchez de me concentrer, s'énerva Tchinza. Je ne veux pas le savoir. Merde aux mouzoungous, je veux juste casser ce satané maillon. (Un clac sonore se fit entendre.) Là ! j'en ai un morceau ! Au deuxième !

Et elle s'attaqua au deuxième côté du maillon, tandis que, devant l'entrée, le vacarme avait encore enflé. Le feu ayant presque été étouffé dans la bagarre, on ne voyait plus grand-chose de ce qui se passait, mais on entendait des coups, des frottements de pieds sur le sol, des « han » et des « ha », et Manoel qui criait : « Tuez... Tuez... » Tchinza en avait des crampes aux bras à force d'appuyer sur le manche de la pince.

– Tu me la donneras, après, princesse ? demanda Kaleo, maintenant presque suppliante.

– Bien sûr, regarde comment je fais... Il faut serrer tout en haut la poignée et placer la mâchoire au milieu de la tige du maillon...

Tout occupée qu'elle était à transpirer sur son outil, Tchinza n'avait pas vu qu'une grande ombre s'était approchée d'elle.

– Pousse-toi, Moutiti, marmonna-t-elle, tu m'empêches de voir.

– Tu veux de l'aide, peut-être ?

Tchinza leva les yeux. La voix n'était pas celle de Moutiti. C'était la voix d'un homme. D'un homme qu'elle ne voyait qu'en ombre chinoise. Ce n'était pas Kounzi non plus. Il fit un pas et se trouva lui aussi dans le rayon de lune... Manoel. Elle laissa tomber la pince, qui roula dans la paille, jusqu'aux pieds du marchand d'esclaves...

– Merci, princesse, dit Manoel d'un ton joyeux, justement, je manquais d'un bon outil comme ça. Décidément, tu n'arrêtes pas de faire des cadeaux... Tu viens te livrer toute seule au marché... Puis tu me donnes une belle pince bien solide... Et un bon petit esclave en prime.

Alors seulement Tchinza vit que la main de Manoel était serrée autour du bras fluet de Moutiti. Le petit garçon ne disait rien, ne pleurait pas, ne gémissait pas. Il se tenait aussi droit et noble que s'il avait été un grand prince, et non un enfant de la caste des serviteurs.

– Laisse-le partir, je t'en prie, supplia Tchinza. Tu ne peux même pas en tirer d'argent : il est maigre, il a les genoux cagneux et il est bête comme ses pieds... C'est du gâchis.

– Ben voyons ! Pour qu'il revienne encore accompagné d'un grand guerrier armé jusqu'aux dents. Son copain m'a échappé après avoir blessé trois hommes à moi, je ne vais pas me priver de garder celui-là.

Tchinza sourit sans répondre. Kounzi avait pu s'enfuir... Il reviendrait...

– Ne te réjouis pas trop vite, princesse, ton guerrier m'a échappé, mais il est dans un sale état ; un coriace, il a fallu que je lui abatte un sabre sur l'épaule pour qu'il se résolve à partir de là.

Il leva le bras de Moutiti devant lui pour l'examiner comme on examine un gigot.

– C'est vrai qu'il est maigrichon, mais il suffira bien pour me laver les pieds, le soir... Je vais attendre qu'il grandisse, je vais l'engraisser. Peut-être qu'on en fera un eunuque...

– Eunuque toi-même ! lança Moutiti, qui avait perdu sa noble allure pour redevenir le petit garçon qu'il était. Tu verras ! Je te couperai la quéquette avant que tu aies levé la main sur moi, espèce de débile !

Un éclat de rire lui répondit.

– Tu vois qu'il n'est pas si bête que ça !

Et il fit signe à un homme qui arrivait derrière lui. En un tournemain, Moutiti se retrouva avec un collier de fer, attaché à la chaîne de Tchinza.

– Je te le laisse pour le moment. Je reviendrai le prendre tout à l'heure, pour le mettre avec les hommes. Il mérite bien ça, un combattant aussi courageux.

Il eut un dernier éclat de rire, se détourna et s'éloigna en direction de la sortie de l'entrepôt, suivi de son aide. Moutiti attendit encore qu'il eût franchi la porte... et, d'un seul coup, il s'effondra en sanglotant sur les genoux de sa maîtresse.

– Ne pleure pas, Moutiti. Kounzi reviendra, j'en suis sûre.

Chapitre 6

Trahison

Mais Kounzi ne revint pas.

La nuit passa... Tchinza guettait le moindre bruit et scrutait l'obscurité par la porte ouverte de l'entrepôt aux esclaves. À la recherche d'un signe, d'un espoir... en vain. Tout restait noir, pesant. Les seuls bruits étaient les soupirs des esclaves allongées autour d'elle. Moutiti avait fini par sombrer dans le sommeil, épuisé, et dormait comme un bébé, toujours niché sur les genoux de sa maîtresse.

Enfin, le ciel pâlit, vira lentement au bleu ; puis les lueurs de l'aube se glissèrent par la fenêtre, et un chant s'éleva au loin. Celui de l'homme dans la tour... Le signal du réveil, pour Zanzibar.

– On va nous donner bientôt à manger, commenta Kaleo. Le muezzin fait la prière.

– Le muezzin ?

– Le prêtre des Arabes. Il annonce la prière du matin. Notre nourriture arrive peu après, elle est copieuse, tu verras, Manoel nous soigne bien pour que nous soyons en bonne santé.

– Moi aussi, je vais prier, murmura Tchinza.

– Tu as le même dieu que les Arabes ?

– Mon dieu se nomme Mouari, mais ils se connaissent certainement.. Entre dieux, ils doivent se rendre des services. Celui des Arabes transmettra le message au mien.

Elle ferma les yeux et s'efforça de joindre sa prière à celle du muezzin :

« Qui que tu sois, dieu des Arabes, fais apparaître ma mère devant moi... »

– Elle est là !

La princesse ouvrit les yeux. De nouveau, des formes humaines se découpaient dans l'ouverture de la porte, en contre-jour. Elle plissa les yeux pour distinguer qui l'avait appelée. Ce n'était pas sa mère, en tout cas.

Les arrivants approchaient... Des hommes en pantalon. On voyait leurs costumes, à présent. David et Damian !

Ils s'avançaient dans la lumière du matin, se frayant un chemin entre les rangées d'esclaves encore endormies. Ils paraissaient à l'aise, nonchalants, pas du tout comme des libérateurs sur le point de faire évader un prisonnier. Derrière eux marchait Manoel.

Lui ne souriait pas. Son expression avait changé, depuis la dernière fois qu'il était entré dans l'entrepôt. Il avait l'air gêné, en même temps obséquieux, anxieux de ne pas déplaire aux deux Anglais.

Tchinza secoua Moutiti, qui se réveilla en se frottant les yeux. Puis elle se mit debout, dans un sinistre bruit de chaîne, et baissa le menton. Elle aussi, elle se sentait gênée. Coupable, plus exactement. Elle avait désobéi, elle avait quitté l'ambassade en douce, alors que David l'avait avertie des dangers qu'elle courait au-dehors. À cause de son imprudence, elle avait mis ses amis dans l'obligation de venir la sauver.

En même temps, elle était certaine que David ne lui ferait pas de reproches ; elle ne l'avait jamais entendu élever la voix depuis qu'elle le connaissait. C'était un homme généreux, droit, intègre et indulgent. Le mieux était d'avouer et de présenter des excuses. Tout se passerait bien.

Mais au lieu de s'adresser à elle, David se tourna vers Manoel.

– Elle est à moi, lança-t-il avec un petit geste du pouce dans sa direction ; j'ai là la facture, son acte d'achat, vous l'avez vu. Cette esclave m'a coûté très cher, et je ne peux pas vous la laisser comme ça, pour rien.

– Je suis désolé, susurra Manoel en se courbant. Elle ne m'a rien dit, si elle m'avait dit qu'elle avait déjà un propriétaire, je vous aurais fait chercher, bien sûr... mais elle se disait libre...

– Comme si une Shona d'Afrique pouvait se trouver à Zanzibar sans être esclave ! s'amusa David. Voyons, marchand... tu le sais bien.

– Bien sûr, répondit Manoel sur le même ton, j'aurais dû m'en douter...

Tchinza ouvrit la bouche pour parler, mais aucun son ne sortit. Elle n'en revenait pas. Voilà que David ricanait avec ce sale marchand d'hommes ! Elle tourna ses regards vers Damian en quête d'un signe de reconnaissance, de compréhension, de complicité... Certainement, il s'agissait d'une ruse... Mais le garçon fit une grimace sarcastique.

– C'est notre faute, dit-il à Manoel. Elle ne s'en est même pas rendu compte... Nous sommes trop bons avec nos esclaves, nous les Anglais. Si bien qu'ils finissent par s'imaginer qu'ils sont nos amis.

– Espèce de... hurla Tchinza.

– Je crois que cette fois, la coupa David, nous allons la faire fouetter. Il faut qu'elle comprenne.

– Pas trop, tout de même, intervint Damian, il ne faut pas l'abîmer. Nous serons bien obligés de la revendre avant de partir d'ici.

– Surtout, intervint Manoel en levant un doigt, si vous voulez la revendre, revenez me voir. Les dames du palais cherchent sans cesse de jeunes esclaves qui ont belle allure. Celle-là ferait merveille, en l'habillant un peu...

– C'est promis, conclut David.

Il sortit des pièces d'argent de sa poche et les mit dans la main de Jaïram, qui s'était ouverte comme une fleur au printemps.

– Voici ta récompense pour avoir rattrapé une esclave en fuite... Et n'oublie pas de me rendre le gamin aussi. Il n'a pas grande valeur, mais je m'y suis attaché.

Tchinza leva la main pour frapper David, mais celui-ci esquiva facilement le coup et s'éloigna sans un regard, suivi par Damian.

Ils marchaient dans la rue qui menait à l'ambassade. David et Damian étaient devant, Tchinza et Moutiti cinq pas derrière, les poignets attachés par une corde que les deux mouzoungous tenaient comme on tient la laisse d'un chien. Le petit serviteur égrenait les insultes en shona avec autant de ferveur que la vieille esclave en avait eu pour réciter sa liste de noms africains, la veille au soir :

– Salauds, faux-culs, hypocrites, lâches, traîtres...

– Ça ne sert à rien, le coupa Tchinza d'une voix fatiguée, tu sais que tu ne peux rien contre eux. Si nous faisions le moindre geste pour nous échapper, la foule nous tomberait dessus.

En effet, les passants qui se retournaient sur leur passage n'avaient rien d'aimable. On aurait dit qu'ils n'attendaient qu'un geste des Blancs pour les rouer de coups.

– Je peux leur dire ce que je pense, insista Moutiti avec une mimique de dégoût. C'est déjà ça.

– Tu parles d'un courage ! Tu les insultes en langue shona... parce que tu as peur d'eux.

– Ça ne fait rien, je suis sûr qu'ils comprennent le sens général, dit-il avant de reprendre, en enrichissant sa pensée : Je vous déteste, je me vengerai, je vous tuerai, je vous arracherai les yeux, je vous brûlerai les doigts de pied...

Tchinza, elle, n'éprouvait même plus de colère. Elle regardait le dos de Damian, devant elle, ses cheveux blonds, sa chemise propre, les guêtres de cuir qu'il mettait sur son pantalon clair : elle se souvenait comme ils avaient été proches, pendant l'expédition, quand ils étaient perdus dans les montagnes, face à l'incendie... Et quand sa mère était morte... Comment avait-elle pu être assez bête pour croire à son amitié ? Il avait fait mine de bien l'aimer tant qu'ils étaient en Afrique, là où elle détenait le pouvoir. À présent qu'elle n'était plus chez elle, qu'elle était en terre étrangère, il révélait son vrai visage. Elle aurait dû deviner.

Kaleo l'avait dit : « Tu attendais que des mouzoungous te sauvent ? Tu es une ignorante, princesse ! Les mouzoungous achètent des foules d'esclaves aux Souahélis. » Tchinza ne l'avait pas crue... Maintenant, elle voyait qu'elle avait raison. David et Damian avaient fait semblant de vouloir l'aider... exactement comme Manoel et Jaïram avaient fait semblant d'aider Nehanda.

Elle se rappela son arrivée à l'ambassade, quand elle avait répondu au colonel Mortimer. Déjà, est-ce que Damian n'avait pas avoué, d'une certaine manière ? Il avait dit : « Elle s'y croit encore... » Et David lui avait coupé la parole pour qu'elle ne se doute de rien, pour que Kounzi n'utilise pas son arme... Il ne fallait donc avoir confiance en personne ?

Elle pensa à Kounzi. Son seul vrai ami. Un jeune homme loyal et brave. Damian était plus amusant, oui. Mais elle avait toujours pensé que son humour cachait une forme de faiblesse... Elle savait maintenant aussi qu'il cachait un cœur perfide. Kounzi ne riait pas si facilement, mais son âme à lui était limpide comme l'eau des sources.

– Il faut avoir confiance en Kounzi, murmura-t-elle.

– Sauf qu'il est blessé, répondit Moutiti.

Il reprit la liste des horreurs qu'il se promettait d'infliger à David et Damian :

– Je vous arracherai les poils des mollets, je vous couperai les oreilles, je vous grillerai les sourcils...

– Tais-toi donc ! supplia Tchinza. Tu m'empêches de penser !

– À quoi ?

– À une solution. Il y a toujours une solution...

À ce moment, elle aperçut justement celui auquel elle pensait. On ne voyait pas grand-chose de lui, car il s'était enveloppé dans une vaste pèlerine brune dont il avait rabaissé le capuchon sur son front, mais il n'y avait pas à se tromper. Personne ici n'était aussi grand, avec des épaules aussi larges et la peau aussi noire. Kounzi se dissimulait derrière le coin d'une maison, dans une rue sur la gauche.

Tchinza donna un coup de coude à Moutiti et lui indiqua la direction du menton. Moutiti comprit aussitôt et vit à son tour le guerrier shona. Un grand sourire lui fendit les joues.

– Je te l'avais dit, princesse, rien ne fera renoncer Kounzi.

– Tu m'avais rien dit... C'est moi qui l'ai dit.

– Toi, moi... enfin bref, il est là. Nous sommes sauvés !

– Tu pourrais arrêter de sourire ? Quand on voit tes dents, on a l'impression que la lune s'est levée en plein jour.

– Pardon !

Et Moutiti serra les lèvres, si fort que Tchinza dut à son tour camoufler un sourire. Elle lança un coup d'œil sur la gauche. Ils avaient dépassé le débouché de la rue, mais un peu plus loin, en passant devant une deuxième rue, ils virent que Kounzi les suivait le long d'un itinéraire parallèle au leur. Alors qu'il franchissait un croisement à découvert, Tchinza entrevit un bandage sous la pèlerine.

– Je me demande comment il va pouvoir s'attaquer à deux Anglais comme ça, en pleine ville, avec une blessure, s'interrogea-t-elle à voix basse.

– Je ne sais pas, mais il va falloir qu'il fasse vite ! On arrive...

L'ambassade était en vue, en effet. Les uniformes des deux gardes brillaient dans le soleil du matin.

David et Damian s'arrêtèrent d'un seul mouvement. Le garçon blond se tourna vers son beau-père.

– Tu crois pas qu'on devrait les détacher ? demanda Damian. Ça fait mauvais effet : un jour on explique que c'est une princesse qui vient signer un traité avec la reine d'Angleterre, et le lendemain on la ramène comme esclave, au bout d'une ficelle.

– Oui, mais si elle s'échappe encore ?

– À mon avis, elle a compris, répondit-il avant de se tourner vers Tchinza : Tu as compris, hein ? Si tu t'enfuis, le fouet !

Mais non, Tchinza ne voulait pas comprendre. Son visage se ferma, et elle lança un regard assassin à son ancien ami. Damian reprit :

– Le fouet ! Le fouet ! Le fouet !

Tchinza en ouvrit la bouche d'étonnement. Qu'est-ce qui lui prenait ? Ce n'était plus de la perfidie, c'était de la méchanceté bête. Est-ce qu'il perdait la tête ?

Et l'incroyable se produisit ; sans cesser de répéter sa litanie : « Le fouet ! Le fouet ! », le garçon esquissa un sourire moqueur. Voilà qu'à présent il avait l'air de faire une bonne farce. À côté de lui, David se tenait le menton d'un air furieux... Furieux ? Non, il semblait plutôt cacher une grimace... un sourire, lui aussi.

– Regarde la tête qu'elle fait ! dit alors Damian à David.

Et il éclata de rire.

– Tu vois ce que je vois, princesse ? demanda Moutiti éberlué.

Et ce n'était pas tout : à son tour, David éclata de rire ! Enfin, Tchinza eut un doute... Se pourrait-il ? Ses regards allèrent de l'un à l'autre.

– Qu'est-ce que je suis bête !

– Oui, on est drôlement bêtes, maugréa Moutiti, qui gardait ses sourcils froncés. On aurait dû les livrer à Bola la Sorcière... J'adorerais les voir en esclaves, eux aussi, on les aurait mis en cage, on les aur...

Un nouveau rire l'interrompit. C'était la princesse qui, cette fois, se moquait de lui.

– Et ça te fait rire ?

– On s'est fait avoir, Moutiti, expliqua enfin Tchinza.

– Je te présente mes excuses, Tchinza, intervint David, qui avait retrouvé son sérieux. Ce n'est pas bien de rire d'une chose aussi grave. Mais tu avais tellement l'air d'y croire !

– Tu as vraiment imaginé qu'on serait capables de te traîner comme ça ? reprit Damian. Comme un toutou au bout d'une laisse ?

– C'était le moyen le plus simple pour vous sortir de là, commenta David tout en dénouant les cordes qui enserraient les poignets des deux Africains. Les trafiquants comme Manoel et Jaïram ne comprennent que deux langages, l'argent et la force... Nous avons essayé l'argent. Et ça a marché !

– Pourquoi m'avoir laissée croire à votre trahison ? demanda Tchinza à Damian d'un ton de reproche. Un simple regard, un clin d'œil ou un sourire, et j'aurais compris pourquoi tu étais si méchant.

– Trop dangereux... Ta réaction nous aidait. Elle rendait notre attitude crédible. Et puis...

Damian se tourna vers son beau-père pour lui laisser la parole. Il y avait des mots qu'il ne voulait pas prononcer.

– Que cela te serve de leçon, petite princesse, dit alors David avec les sourcils froncés. Cela te mettra du plomb dans la cervelle, peut-être.

– Quand je vous ai entendus ricaner avec ce type horrible... je suis devenue enragée, avoua Tchinza en baissant la tête. J'ai eu envie de vous tuer !

– Tu sais à présent que tu n'as pas le droit d'être naïve, ici. Et quand je dirai qu'il ne faut pas sortir, tu comprendras ce que cela signifie !

Tchinza restait tête baissée. Inutile de présenter des excuses. Son silence était plus éloquent.

– Et si ça n'avait pas marché ? demanda Moutiti, venant à la rescousse de sa maîtresse. C'était rudement risqué, votre truc. Manoel aurait pu ne pas vous croire... Nous garder pour gagner plus en nous vendant. Et alors vous seriez repartis comme ça...

– Si ça n'avait pas marché... le coupa Damian.

Il leva l'index et le dirigea vers un point situé derrière eux, accompagnant son geste d'un clin d'œil. Tchinza et Moutiti tournèrent la tête. Au bout de la rue se tenait Kounzi. Il avait abaissé sa vaste capuche et marchait vers eux.

– Kounzi ? Vous étiez de mèche ?

– J'étais là en renfort, dit le guerrier avec un grand sourire. Nous étions d'accord. Soit les pièces d'argent convainquaient Jaïram, soit j'intervenais.

– Comment aurais-tu fait, avec ta blessure ? Comment pourrais-tu tenir une sagaie ?

Encore une fois, Damian leva le doigt avec le même clin d'œil ; alors Kounzi écarta les deux pans de sa pèlerine. Apparut la tunique que lui avait donnée David et une ceinture torsadée comme celle des Souahélis. D'un mouvement théâtral, le guerrier en sortit deux énormes pistolets qu'il braqua sur le petit groupe.

– J'avais d'autres arguments.

Il leva l'une de ses armes et visa Moutiti en fermant un œil.

– Hé ! ça va pas, non ?

– T'inquiète. J'ai enlevé les balles. Et puis, maintenant, je suis un expert. Je me suis exercé la moitié de la nuit sur la plage avec le colonel Mortimer. Je lui ai dit que je voulais m'engager dans l'armée de la reine Victoria. Nous sommes de vrais amis, maintenant.

– Et ta blessure ?

Kounzi dégagea son épaule du bout de son arme, et on put voir alors un bandage propre et bien ajusté.

– David l'a raccommodé très proprement, commenta Damian. Une vraie couturière.

– Ce n'est pas assez grave pour m'empêcher d'envoyer Manoel rejoindre Tippo, reprit Kounzi.

Je préfère mon arc et mes flèches à ces objets bruyants, mais, par moments, il faut savoir faire des concessions.

– Et si nous rentrions ? suggéra David en montrant la porte de l'ambassade. On commence à nous remarquer...

Il désigna d'un regard circulaire un petit groupe de Souahélis plantés à deux pas de là, étonnés de voir en grande conversation deux mouzoungous de l'ambassade et trois Africains qui ressemblaient furieusement à des esclaves.

Quand ils furent dans le hall, Moutiti s'approcha avec respect des pistolets.

– Je pourrai essayer ?

Ce fut Tchinza qui répondit :

– Quand tu seras guerrier.

Moutiti haussa les épaules.

– C'est malin ! Tu as entendu Moubarikoua. Un garçon de la caste des serviteurs ne peut jamais accéder au rang de guerrier. Pourquoi te moques-tu de moi ?

– Bien des choses ont changé au royaume shona, ces derniers temps... reprit Tchinza. On n'avait encore jamais vu une princesse esclave.

– Et on n'avait jamais vu un gamin maigrichon organiser une expédition de sauvetage ! s'exclama Kounzi.

– Ce n'est pas moi, c'est toi.

– Oui, mais tu étais le premier à vouloir y aller...

– Si vous me permettez... intervint David tout en faisant signe aux gardes de refermer les portes. Je profite de l'occasion pour vous faire remarquer que c'était une idée folle. Courageuse mais folle. Attaquer à deux l'entrepôt de Manoel ! Je vous avais dit qu'il ne fallait pas faire ça, mais encore une fois, vous ne m'avez pas écouté. Vous avez voulu agir, et en pleine nuit ! Vous pensiez vraiment réussir ?

– C'était une idée folle, confirma Tchinza, mais elle mérite que Moutiti devienne un jour un guerrier...

Ils étaient arrivés au pied de l'escalier. Le petit serviteur se plaça devant Tchinza et la regarda droit dans les yeux pour vérifier qu'elle ne se moquait pas de lui. Mais sa maîtresse avait le visage grave d'une future reine.

– Wouah !

C'était un cri de triomphe. Moutiti se mit à gambader autour du hall. Il martelait les dalles de marbre de ses pieds nus en agitant les bras au-dessus de sa tête.

– Qu'est-ce qui lui prend ? demanda Damian.

– C'est la danse des guerriers shona, expliqua Kounzi. Il brandit devant lui sa lance et son bouclier... qu'il n'a pas encore.

– *Chi-mu-ren-ga Mou-ti-ti*, scandait la petite voix de fausset.

– « Moutiti le Guerrier part au combat », traduisit Kounzi.

Damian se pencha vers Tchinza comme pour lui faire une confidence et articula d'une voix que tout le monde pouvait entendre distinctement :

– Tu n'aurais jamais dû lui dire cela. Il va être intenable !

– Mmmh, c'est vrai... convint la princesse sur le même ton, en se tenant le menton, perplexe. Trop tard !

– Hé, moustique, cria Kounzi. Si tu deviens guerrier, peut-être que je pourrai devenir prince...

Tchinza se tourna vers lui. Il avait prononcé ces mots en plaisantant, mais le coup d'œil qu'il jeta à la princesse était plein d'une timidité qui paraissait étrange sur le visage de ce grand jeune homme aux épaules larges.

Elle ne releva pas. C'était bien présomptueux voire insolent, mais comment lui en faire le reproche ? Kounzi avait prouvé qu'il était prêt à perdre la vie pour sauver la sienne.

– En attendant, fit remarquer le petit danseur en s'interrompant brusquement, le guerrier Moutiti a drôlement faim ! Et si on mangeait ?

– Et si tu te lavais ?... l'imita Damian avec une moue de dégoût. Je sens ton odeur d'ici.

– Ne lui en veux pas, dit David d'un ton soudain triste. C'est l'odeur du marché aux esclaves.

Le soleil était haut dans le ciel à présent. Ils se trouvaient sur la terrasse de l'ambassade, sous un auvent. On y avait dressé une table et des chaises. Une brise venait du large, qui empêchait la chaleur de midi de frapper trop fort. Des parfums de grillades montaient des autres terrasses. Les cinq amis étaient eux-mêmes réunis autour d'un bon déjeuner. Il y avait des brochettes de mouton, des galettes, une pyramide de riz, des mangues, des pâtisseries au miel... Moutiti, qui n'avait même pas encore fini sa troisième brochette, prit un gâteau et croqua dedans.

– Mmh ! ce goût... fit-il en fermant les yeux de plaisir.

– Regarde ton ventre, dit Tchinza, on dirait que tu as avalé une noix de coco entière.

– J'ai assez de place pour trois noix de coco ! répondit le petit garçon en se frottant le nombril du plat de la paume. Je ne sais pas comment ils font leurs gâteaux, mais j'ai l'impression de manger des fleurs.

– Ce goût que tu sens dans le gâteau, dit David, c'est la marque de Zanzibar. C'est le goût du clou de girofle...

– Je mange des clous ?

– Du clou de girofle. C'est le fruit du giroflier, un arbre cultivé partout sur l'île. Les plantations sont immenses, et beaucoup d'entre elles appartiennent à la famille du sultan. Cela explique qu'il soit si riche... Il exporte le clou de girofle partout dans le monde.

– Et c'est pour cela que le sultan achète beaucoup d'esclaves... compléta Tchinza. Ils meurent d'épuisement dans les plantations.

– Comment sais-tu cela ? s'étonna Damian.

– J'ai appris beaucoup de choses, cette nuit... Je sais que Nehanda se trouvait sur l'île il y a dix jours...

Quatre voix s'exclamèrent ensemble :

– Quoi ?

– Deux femmes l'ont vue dans l'entrepôt aux esclaves... C'est une certitude.

– Et tu nous le dis seulement maintenant ? s'indigna Damian.

– Tu ne m'as pas vraiment laissé le temps de le dire ! ironisa Tchinza en frottant ses poignets encore douloureux d'avoir été serrés dans la corde.

– Et depuis combien de temps a-t-elle quitté l'entrepôt ? demanda David, revenant à l'essentiel.

– Il y a dix jours, elle a été emmenée au palais du sultan pour être vendue à une sultane...

– Le palais ? Mais c'est tout près d'ici ! s'écria Kounzi en faisant mine de se lever. Formidable ! Allons-y...

– Mais oui ! continua Damian en se redressant à son tour. Il suffit de demander au sultan. Il aime bien les Anglais.

Et il se tourna vers David, attendant qu'il renchérisse. Mais David ne disait rien. Ni joyeux ni impatient, il se caressait la barbe en réfléchissant.

– Quoi ? Ce n'est pas une bonne idée ? s'inquiéta Damian.

– Si, répondit David, sauf que ça va nous prendre six mois. Il va falloir convaincre l'ambassadeur. Puis que l'ambassadeur sollicite une audience en notre nom – à condition, bien sûr, qu'il accepte de déranger le sultan pour nous. Puis que nous allions expliquer à un vizir pourquoi nous sollicitons une audience... Et alors, ça se compliquera. Quand on nous demandera pourquoi on veut le voir... Que dira-t-on ? Nous expliquerons que nous sommes à la recherche d'une esclave ? Il y a plusieurs centaines d'esclaves, au palais, plus des milliers d'autres dans les plantations de girofliers qui appartiennent au sultan et à sa famille... Il risque de se moquer de nous.

– Bon, bon... alors quoi ?

– J'entre avec mes pistolets ! lâcha Kounzi. Une expédition !

– Toi, tu résous tous les problèmes de la même manière, s'énerva Damian. Ça ne t'a pas suffi, d'attaquer l'entrepôt à toi tout seul ?

– C'est mieux que d'aller se coucher tranquillement. Il y en a qui donnent des fleurs en se pâmant et il y en a d'autres qui passent à l'attaque... Chacun sa méthode.

– Il y a des méthodes qui marchent, et d'autres qui conduisent à la catastrophe.

Damian avait lancé sa réponse du tac au tac, sans réfléchir.

Un silence se fit autour de la table. Tchinza ne savait plus où se mettre. Elle comprenait que Kounzi faisait allusion à la fleur blanche que Damian lui avait offerte à la sortie du souterrain. Elle avait pressenti à ce moment que le geste la placerait un jour dans une situation embarrassante ; c'était fait.

Les deux garçons se toisaient sans baisser le regard, hostiles, le visage crispé.

« Il faut que je trouve une idée rapidement », se dit Tchinza. Si elle prononçait un seul mot pour excuser Damian, elle perdrait l'amitié de Kounzi. Et si, au contraire, elle demandait à Damian d'être raisonnable, il penserait qu'elle préférait Kounzi. Or plus elle y réfléchissait, moins elle voulait choisir. Ils lui étaient aussi précieux l'un que l'autre.

C'est à ce moment que Moutiti fut pris d'un de ses meilleurs fous rires.

– On dirait deux phacochères sur le point de se rentrer dedans à la saison des amours ! Sauf qu'ils n'ont pas les oreilles qui bougent !

Tchinza eut envie de rentrer sous terre. « La saison des amours » ! Qu'est-ce qui lui prenait ? Il ne manquait plus que ça !

Mais tout à coup, un drôle de gloussement fit écho à Moutiti. Les autres n'en revenaient pas. C'était David. Il avait l'air d'un adolescent, avec ses yeux qui pétillaient et sa main devant la bouche, qui cachait mal son envie de s'esclaffer.

– Mais si, dit-il à Moutiti. Damian sait très bien faire bouger ses oreilles, justement !

Un nouveau silence se fit, pendant lequel Moutiti s'approcha du jeune Anglais et lui souleva une mèche de ses cheveux blonds pour observer son oreille.

– Ça alors, je n'avais jamais vu qu'elles étaient aussi grandes, tes oreilles ! Et tu peux vraiment les faire bouger ?

Damian ne répondit pas et garda son air fermé, mais, un instant plus tard, chacun put voir son oreille remuer d'avant en arrière. Un nouveau fou rire de Moutiti accueillit la performance.

– Tu fais ça comment ?

– C'est un secret, répondit Damian, qui gardait de plus en plus difficilement son sérieux.

Kounzi, quant à lui, était incapable de cacher son étonnement. Comme Moutiti, il regardait l'oreille de Damian, bouche bée. Avec ses yeux ronds et son menton qui tombait, il n'avait l'air guère plus âgé que le petit serviteur, maintenant.

– Je peux aussi toucher mon nez avec ma langue, reprit Damian, en joignant aussitôt le geste à la parole.

C'en était trop pour Kounzi. Il partit d'un grand rire et se renversa en montrant du doigt la grimace invraisemblable que le mouzoungou était obligé de faire pour réussir son tour de force.

« Ouf ! » pensa Tchinza en joignant son rire à ceux de ses amis.

– Vous n'êtes tous que des gosses ! conclut David en s'essuyant les yeux.

Dans le fou rire général, personne n'entendit Moutiti murmurer à sa maîtresse d'une voix à peine audible :

– On a eu chaud, hein ? Tombeuse !

Finalement, quand Kounzi et Damian se furent tapés sur l'épaule en signe de réconciliation, Tchinza reprit son sérieux et posa les coudes sur la table, le menton dans ses deux mains ouvertes.

– Ça vous embêterait qu'on revienne à notre sujet ?

– Tchinza a raison, dit David. Nous perdons du temps. Où en étions-nous ?

– Il nous faudra six mois pour obtenir quelque chose du sultan... lui rappela obligeamment Kounzi.

– Oui... et nous ne sommes même pas sûrs que Nehanda soit là.

Tchinza ne répondit pas. Elle ne voulait même pas envisager la version de la fuite de Nehanda donnée par la vieille Zaramo, la nuit précédente. Sa mère n'était pas morte. Ce n'était pas possible... En tout cas, il fallait faire comme si elle ne l'était pas. Et donc se taire. Au cas où David trouverait que c'était l'issue la plus probable.

Ils restèrent encore un moment plongés dans leurs réflexions. Puis Damian dit sans conviction :

– Il faudrait se renseigner dans le palais, en douce...

– Oui, rétorqua David, mais si elle a été achetée par une sultane, on ne peut pas y aller, car aucun homme ne peut approcher les dames du palais s'il ne fait pas partie de leur famille.

– Eh bien, je vais y aller ! conclut Tchinza. Je suis une femme, non ?

Croisant le regard dubitatif de Moutiti, elle corrigea :

– Enfin... Très bientôt.

– Tu te souviens de ce qui est arrivé la dernière fois que tu t'es promenée seule dans Zanzibar ? lui fit remarquer David.

La question n'appelait pas de réponse. Tchinza baissa les épaules et soupira. Chacun reprit ses réflexions.

Dans le calme de la terrasse, on entendait monter les bruits de la rue, les passants qui s'interpellaient, des enfants qui jouaient, des chiens qui aboyaient... Tchinza ne put s'empêcher de penser au marché aux esclaves. À quelques rues de ces bruits joyeux, des hommes et des femmes étaient mis en vente, et d'autres hommes et d'autres femmes venaient les acheter – les dames du palais, peut-être, à la recherche de jeunes filles « de belle allure », comme avait dit Manoel.

« Des jeunes filles de belle allure... se répéta Tchinza. Pour les dames du palais... » Puis une autre phrase de Manoel lui revint : « Si vous voulez la revendre, revenez me voir. »

– J'ai la solution ! cria Tchinza en se redressant.

Ses amis sursautèrent, puis la regardèrent, dans l'attente d'une explication.

– Manoel nous l'a dit : il est le mieux placé pour me faire entrer dans le palais, près des dames. Il s'en fera même un plaisir !

– Tu veux dire... commença David, qui n'osait comprendre.

– Je veux dire que vous n'avez qu'à me ramener chez lui et qu'il me vendra aux dames du palais, comme il l'a dit.

– Non ! Pas question !

Kounzi et Damian avaient crié ces mots ensemble.

– Tu es folle ! continua le jeune Anglais. Et s'il te vend dans une plantation ?

– Il a dit lui-même qu'il ferait une meilleure affaire en me vendant au palais.

– Comment en être sûr ? gronda Kounzi. C'est beaucoup trop dangereux.

– Surveillez ce qui se passe. Si je suis dans une plantation... Eh bien, vous en serez quitte pour me racheter. (Tchinza eut un petit rire.) Je suis désolée, je vais vous coûter cher, finalement.

– Et une fois que tu seras dans le palais, comment en sortiras-tu ? fit remarquer David. Là-bas, pas question de te racheter. On n'aborde pas les dames du palais comme on aborde Manoel.

– Restez dans les parages du palais, guettez les fenêtres. D'une manière ou d'une autre, je vous ferai savoir si Nehanda est là, et je chercherai un moyen de nous évader.

Il y eut une longue pause pendant laquelle ils s'entre-regardèrent, préoccupés. Mais aucune autre solution ne surgit. Alors David conclut, l'air grave :

– Bon. Pendant que les garçons surveilleront le palais, j'essaierai tout de même de joindre le sultan par l'intermédiaire de l'ambassadeur ou du colonel Mortimer – je sais qu'il connaît des gens du palais. On ne sait jamais... En tout cas, Tchinza, je crois que tu as trouvé la solution la plus rapide.

– La plus dangereuse aussi, conclut Damian, mais personne n'en sera étonné, princesse.

Chapitre

7

Le harem

Tchinza leva les yeux.

Devant elle se dressait le palais du sultan. Il était apparu au détour d'une ruelle, brusquement, si grand et si proche qu'il en paraissait écrasant. Aucun espace n'était ménagé pour préparer le visiteur à sa splendeur : ni jardins, ni clôtures, ni gardes... Mais Tchinza ne pouvait s'y tromper : c'était la demeure d'un grand seigneur. Au-dessus de sa tête, des balcons de bois peints en vieux rose... Devant elle, une colonnade de pierre, des piliers bleu et doré, des sculptures en guirlandes aux coins du bâtiment. Aux fenêtres, des volets découpés comme de la dentelle.

« Dire que je me suis moquée de la couleur de ce palais, le jour où nous sommes arrivés ! » pensa la princesse.

À présent, elle n'avait plus envie de rire. De loin, les ornements du palais lui avaient semblé un simple décor qui rendait la ville de Zanzibar plus belle. Maintenant qu'elle était sur le point de pénétrer derrière ces murs, ils lui paraissaient menaçants. Pourrait-elle en ressortir ?

– Dépêche-toi, ne reste pas là la bouche ouverte. Sultane Salmé nous attend !

L'eunuque la poussa de sa main grassouillette.

Ce gros homme était venu l'acheter un moment plus tôt au marché aux esclaves. Heureusement... Tchinza n'avait pas eu à rester longtemps entre les mains de Manoel. La moitié d'un après-midi, pas plus.

David et elle s'étaient rendus auprès du marchand d'hommes dès leur repas sur la terrasse terminé, l'Anglais devant, l'Africaine derrière.

– Vous voyez, je n'ai pas tardé à revenir, avait dit David à Manoel. Vous m'avez proposé de l'acheter, n'est-ce pas ? Je vous la laisse...

– Pourquoi ? Elle travaille mal ? avait demandé l'ignoble personnage aussitôt méfiant.

– Non, c'est une fille solide. Mais vous avez eu le tort de parler du palais devant elle. Maintenant, elle nous regarde comme si nous étions des maîtres indignes d'elle. Je n'aime pas son regard dédaigneux. De toute façon, nous repartons bientôt en Angleterre.

– Est-ce qu'elle ne va pas encore chercher à s'échapper ? s'était inquiété Manoel en agitant son gourdin.

– Certainement pas, l'avait rassuré David. Vous voyez, je n'ai pas eu à l'attacher. Elle sait qu'une situation au palais sera plus enviable même qu'un trône en Afrique.

Manoel avait approuvé d'un hochement de tête, et l'affaire avait été conclue...

À peine l'Anglais disparu au coin de la place, Manoel avait envoyé un émissaire courir au palais annoncer qu'il avait une jeune fille de « très belle allure » pour la sultane. Et ce gros eunuque transpirant dans sa tunique brodée était revenu avec l'émissaire. En trois regards, il avait estimé la valeur de l'esclave proposée et avait conclu d'un « c'est tout à fait ça » accompagné d'un tremblement de son double menton.

Sans prendre la peine de cacher son soulagement, la princesse africaine devenue esclave volontaire avait suivi – ou plutôt précédé tellement il était poussif – son gardien sur le chemin du palais.

Tous les deux, ils montèrent les quelques marches qui conduisaient à l'entrée du bâtiment. Ils passèrent sous quatre hautes colonnes roses et franchirent une porte de bois plus lourde encore que celle de l'ambassade...

Une fois à l'intérieur, Tchinza n'eut plus le temps de s'intéresser au décor.

Devant elle évoluaient et virevoltaient des créatures comme elle n'en avait jamais vu. On aurait dit une volière de perroquets multicolores. Ou un marché aux étoffes. Ou une assemblée de fantômes joyeux. Soyeux, colorés, chatoyants, ils glissaient à petits pas au-dessus des dalles de marbre, un masque de cuir noir à la place du visage. Chacun de ces jolis fantômes était une femme.

Il y en avait partout, dans le patio, sur les escaliers, sur les galeries. Ils apparaissaient et disparaissaient par des portes voûtées ouvertes dans les murs blancs. Certains étaient tout petits – sans doute des enfants –, d'autres marchaient courbés – leurs grands-mères ? Ils étaient vêtus de longues tuniques et de pantalons bouffants ; un voile fin était passé sur leurs coiffures compliquées faites de longues tresses relevées sur la tête et couronnées de turbans. Leurs pieds étaient chaussés de socques à plate-forme qui donnaient cette impression qu'ils glissaient au-dessus du sol. Ils avaient le cou, le front, les oreilles, les chevilles et les poignets chargés de bijoux lourds comme des chaînes d'esclaves, sauf qu'ils étaient faits de pierres précieuses serties dans des montures d'or et d'argent. Les étoffes étaient lumineuses comme des couchers de soleil ou des reflets de lune selon qu'ils étaient brodés d'or ou d'argent. Et tous ces fantômes babillaient, pouffaient, riaient, chantonnaient, se disputaient...

– Je n'ai jamais vu tant de femmes de ma vie ! ne put s'empêcher de s'exclamer Tchinza.

L'eunuque la regarda d'un air amusé.

– C'est que tu n'es jamais entrée dans un harem !

Comme Tchinza ne réagissait pas, il expliqua :

– Le sultan de Zanzibar est très riche ; il a beaucoup d'épouses et de concubines : plus de soixante-quinze au total. Qui vivent chacune avec plusieurs esclaves. Toutes ces femmes vivent ici. Il y en a près de mille au total. Qui sait ? Tu es peut-être la millième... Je n'ai jamais compté.

Tchinza eut un haut-le-cœur ; est-ce qu'on allait la déguiser en fantôme doré et masqué ?

– Pourquoi ont-elles ce truc noir sur le visage ?

– Ce « truc noir » est un masque de cuir fin délicatement parfumé et surpiqué. Les femmes qui en portent sont des princesses ; elles restent cachées aux yeux du monde et ne révèlent leurs traits à aucun homme sauf à leur mari, leurs frères et leurs fils. Mais tu n'es qu'une esclave et tu n'es pas là pour te marier, juste pour être une petite servante. Tu n'auras pas le droit de porter de masque.

– Je m'en passerai très bien ! s'amusa Tchinza, qui comprenait mal qu'on puisse considérer comme un honneur de se coller un morceau de cuir sur le nez par une chaleur pareille.

– Par contre, pour les bijoux, reprit-elle, j'en veux bien quelques-uns... Ces anneaux de cheville en argent ciselé, par exemple...

– Tu en auras si tu es une bonne servante pour ta maîtresse. Autrement, tu auras le fouet.

L'eunuque avait prononcé ces derniers mots avec un plaisir mauvais. Le sourire de Tchinza s'effaça. Une image lui traversa fugitivement l'esprit : n'avait-elle pas fait une erreur en se déclarant prisonnière volontaire ? Le fouet ! Elle dévisagea à la dérobée le gros homme noir qui la précédait. Il avait l'air satisfait de lui, dans sa superbe tunique jaune et son manteau de soie rouge brodé de blanc. On aurait cru qu'il était le maître des lieux et non un serviteur privé de sa virilité par la décision du sultan.

« Comme la nature humaine est étrange ! pensa Tchinza. Ce qui pour les uns est une humiliation est pour d'autres un sujet d'orgueil. »

À ce moment, une fillette surgit de nulle part et se planta devant Tchinza. Ses yeux lourdement maquillés brillaient comme des soleils noirs. Sur ses tresses était posé un drôle de turban noué de façon à former de grandes oreilles où s'agitaient des clochettes d'argent. L'enfant lui fit un grand sourire. Tchinza allait lui répondre, quand le sourire se mua soudain en une horrible grimace.

L'eunuque tendit la main pour attraper l'insolente, mais elle avait déjà filé, vive comme une souris.

– Tu ne t'en tireras pas comme ça, princesse Touéni ! lui cria l'eunuque. J'en parlerai à ta mère ! Tu sais qu'on ne doit pas manquer de respect aux plus âgés, même quand ce sont des esclaves !

Un rire malicieux leur répondit, mais la petite fille avait disparu dans la foule des fantômes.

– C'est une princesse ? s'étonna Tchinza.

– Oui, la trente et unième fille du sultan.

– Trente et unième ! Mais il en a combien, comme ça ?

– Trente-six.

– Il y a ici trente-six princes et princesses ? Comment le sultan va-t-il pouvoir léguer son royaume ?

– Le sultan est très riche, je te l'ai dit. Chacun de ses enfants reçoit quatre esclaves arrivés à l'âge de douze ans et héritera d'une plantation de girofliers.

– Mais le royaume ? Qui va hériter du trône ?

– Son fils aîné, bien sûr. Le prince Madjid.

– Il ne va pas avoir la vie facile, avec tous ces enfants prêts à se disputer avec lui !

L'eunuque se tourna vers elle, les sourcils froncés :

– En voilà une drôle de question pour une petite esclave de rien du tout, qu'est-ce que tu en sais, toi ?

Tchinza se retint de répondre. « Ne pas se faire remarquer », avait dit David. Elle pinça les lèvres et ravala son orgueil tandis que l'eunuque reprenait son chemin le long des galeries. Il n'y avait rien d'autre à faire que de le suivre.

Dans les étages, le tourbillon des étoffes était encore plus troublant. Il était même difficile d'avancer. Tous les dix pas ou presque, il fallait se plaquer contre le mur pour laisser passer une princesse masquée entourée de ses esclaves. D'elle on ne voyait que les yeux cernés de cuir, bleus, bruns ou noirs. Des regards qui avaient tous un point commun : ils étaient magnifiques. Sombres, profonds, rendus plus mystérieux par le masque, qui en soulignait la lumière.

« Toutes ces femmes sont belles, se dit Tchinza, même les esclaves sont jolies. On dirait que le sultan a réuni ici les plus belles femmes de la Terre. »

Elle pensa à sa mère, qui était si belle, elle aussi. Était-elle là ? Elle parcourut les galeries d'un long regard circulaire à la recherche du visage familier. Mais les masques et les voiles empêchaient de distinguer les traits de ces femmes qui formaient une masse indistincte où les couleurs et les lignes se brouillaient. Comment Tchinza ferait-elle pour retrouver sa mère ?

Elle buta contre l'eunuque, qui s'était arrêté sans prévenir.

– Là !

Il montra une porte, sur la gauche, et fit signe à la nouvelle esclave de ne pas bouger tandis qu'il entrait dans la pièce.

« C'est incroyable, pensa Tchinza, je pourrais m'échapper comme je veux... Personne ne me surveille plus ! » Puis elle réfléchit : « Sans doute aucune femme ne se risquerait à s'enfuir... Pour aller où ? Pour traverser la mer à la nage ? Et puis, le palais n'est-il pas le plus bel endroit de l'île ? »

La porte se rouvrit, et la tête de l'eunuque apparut, rose d'émotion.

– Entre ! Et montre-toi respectueuse. Pas de remarques insolentes sur l'héritage du sultan, entendu ?

La femme qui se tenait devant Tchinza n'était pas masquée.

« Ç'aurait été dommage... » pensa aussitôt la petite princesse.

Sultane Salmé était accroupie sur des coussins, au ras du sol, un genou relevé et l'autre jambe repliée sous elle. Son pantalon bouffant était d'un tissu délicat comme l'aile d'un papillon et retenu aux chevilles par un large galon brodé de fil d'or. Sa tunique couleur d'aurore était serrée à la taille par les torsades d'une ceinture de satin blanc. Des arabesques dessinées au henné ornaient ses pieds nus. Ses cheveux d'un noir profond comme la nuit lui tombaient jusqu'à la taille en une multitude de tresses, chacune prolongée de sequins d'or et d'argent. Sa coiffure était couronnée d'un turban peu ajusté qui semblait sur le point de glisser, mêlant ses franges de soie aux mèches sombres de la chevelure.

Ses yeux, surtout, retenaient l'attention. Ils étaient immenses, d'un brun doré voilé de cils si abondants qu'ils jetaient une ombre sur ses joues. Ils étaient presque trop grands pour son fin visage triangulaire ; sous de tels yeux, le nez et la bouche semblaient minuscules.

Cette femme était plus âgée que Tchinza, mais plus jeune que Nehanda. Il était impossible de lui donner un âge, tant ses traits étaient parfaits.

« Comme elle a l'air triste ! »

C'était vrai : les yeux splendides de sultane Salmé n'exprimaient rien que la mélancolie. Le décor somptueux, les coffres de bois marquetés d'argent, les coussins et les tapis chamarrés n'y changeaient rien : toute la pièce était teintée, envahie de cette tristesse insondable.

– La voici, dit l'eunuque après une interminable révérence. C'est l'esclave que nous a proposée Manoel. Vous voyez qu'elle est solide, son dos est droit, elle a le genre que vous aimez.

– Comment t'appelles-tu ? demanda sultane Salmé d'une voix lasse.

– Je suis Tchinza... Je viens du pays...

À ce moment précis, un grand fracas retentit quelque part, tout près. Le bruit fut si fort que Tchinza et la sultane sursautèrent ensemble. On aurait dit que de la vaisselle de métal était tombée dans la pièce d'à côté, qu'on apercevait par une porte entrouverte.

Les regards se tournèrent vers l'endroit d'où était venu le vacarme. Quelqu'un apparut dans l'ouverture, quelqu'un qui avançait en tâtonnant, les mains tendues loin devant. Après les mains, on vit les plis d'une longue tunique blanche, puis les épaules, un collier de perles bleues, un voile blanc et enfin le visage...

– Maman !

– Tchinza !

Le temps d'un souffle, et la princesse se trouva nichée contre la poitrine de sa mère, qui referma ses bras sur elle. Et on n'entendit plus rien pendant un long moment que leurs rires et leurs larmes mélangés. Même l'eunuque restait silencieux, impressionné.

Enfin, Nehanda trouva la force de murmurer :

– Ma petite fille... Mon bébé...

Et Tchinza d'enfouir de plus belle son visage dans la tunique de sa mère, qui était maintenant mouillée de ses larmes.

– J'étais sûre que je te retrouverais ! J'en étais sûre ! Je l'ai toujours cru !

– Tu veux dire que tu es venue jusqu'ici pour me chercher ! Tu n'as pas été enlevée ?

– Non, je suis venue volontairement ici. Je serais même allée jusque chez les mouzoungous s'il avait fallu.

– Tu es digne de notre famille, digne du royaume shona, ma fille...

Tchinza sentit la main de sa mère qui lui caressait le visage, puis les cheveux.

– Tu as grandi, n'est-ce pas ?

– Oui, bien sûr, nous ne sommes pas vues depuis... tant de saisons !

La main descendit le long des joues, sur le cou, jusqu'aux perles bleues.

– Ils t'ont laissé ton collier, c'est bien. C'est bien le collier de perles bleues ?

– Mais... Tu le vois bien !

Il y eut un silence. Tchinza sentit que quelque chose d'anormal se passait. N'était-ce pas étrange cette façon dont sa mère la caressait ? On sentait de l'amour dans son geste, naturellement, mais aussi... Nehanda semblait explorer, tâtonner...

Tchinza se recula pour contempler le visage de sa mère. Mais celle-ci ne lui rendit pas son regard. Elle restait les yeux fixés sur une autre partie de la pièce.

La princesse se retourna. Sultane Salmé était toujours là, accroupie. Elle n'avait pas changé de position et fixait sans un mot la mère et la fille enlacées de ses beaux yeux tristes. Croisant le regard de la petite Africaine, elle sourit et parla d'une voix si douce qu'elle n'était guère plus qu'un chuchotement :

– Non, Tchinza, Nehanda ne voit pas tes perles. Elle ne peut voir comme tu es belle et grande. Elle ne peut rien voir. Lorsqu'elle a essayé de s'enfuir du marché aux esclaves, le marchand Manoel l'a battue à coups de gourdin et frappée à la tête ; elle est restée aveugle...

– Aveugle ! cria Tchinza. Maman !

– Je serais morte, reprit Nehanda, si Salmé ne m'avait achetée. Je lui dois la vie, je...

– Non ! la coupa la sultane, d'une voix plus ferme. Tu ne me dois rien. Je n'ai rien fait sinon t'acheter, comme j'avais dit à Manoel que je le ferais.

– Justement, intervint l'eunuque en se courbant avec respect, cette femme a raison. Sultane Salmé n'aurait pas dû acheter une esclave aveugle. Acheter une infirme ne lui servait à rien. Mais elle a insisté. Quand je lui ai appris que l'Africaine que nous voulions acheter avait été blessée en voulant s'échapper, elle a insisté pour que je me rende au marché le plus vite possible.

– Autrement, commenta Nehanda, j'aurais été achevée, comme on achève une chèvre malade.

– C'est une folie d'acheter une esclave inutile, continuait l'eunuque sans paraître avoir entendu la reine shona. Une dépense...

Il s'interrompit et se courba encore.

– Sultane, vous êtes le joyau de cette maison, en beauté et en bonté.

Courbé comme il l'était, le gros homme ne vit pas le petit haussement d'épaules exaspéré qui accueillit ses mots. La sultane ne parlait qu'à Tchinza.

– J'aimerais faire plus. Mais je suis aussi impuissante que vous, petites esclaves.

– Comment pouvez-vous dire cela ? s'étonna l'eunuque. Vous êtes l'épouse préférée du sultan. Le moindre de vos désirs est un ordre.

La sultane baissa les yeux sans un mot. Ses joues pâles se colorèrent sous l'effort qu'elle faisait pour ne pas répondre.

– Laisse-nous, maintenant... commanda-t-elle.

– Je vais emmener la nouvelle esclave pour qu'on lui donne un costume digne de vous.

– Non ! Laisse-la ici. Je... je...

On voyait qu'elle cherchait un prétexte pour retenir Tchinza et chasser l'importun. Nehanda vint à la rescousse.

– Vous me disiez tout à l'heure, sultane, que la tête vous grattait. Permettez à ma fille de regarder votre chevelure.

La sultane hésita, puis comprenant tout à coup, elle renchérit :

– Il est vrai. Ça me gratte dans la nuque.

La sultane regarda la petite Africaine et lui lança un clin d'œil qui illumina un instant son visage mélancolique.

– Sais-tu chasser les poux, Tchinza ?

– Euh...

– Tu as des mains faites pour ça, ajouta la sultane en esquissant un sourire complice, je suis sûre que tu sais chasser les poux !

– Oui ! assura Tchinza, qui venait de comprendre. Oui, oui, je suis la meilleure tueuse de poux de Zimbaboué !

Et elle écarta les mains devant l'eunuque, qui les regarda d'un air dégoûté.

– On vient de partout se faire tuer les poux par mes soins, de tous les coins du royaume ; rien qu'à voir le bout de mon ongle, le plus gros des poux s'enfuit à toutes pattes ; je peux en massacrer vingt le temps d'une conversation ; un vrai carnage ! C'est horrible ! N'est-ce pas, maman ?

– Oui, acquiesça Nehanda avec un large sourire, ma fille est une tueuse de poux redoutable et pleine de fougue... et modeste, avec ça, comme toujours ! Je vois qu'elle n'a pas changé... C'est si bon de la retrouver.

Il y avait un bon moment déjà que l'eunuque avait quitté l'appartement. Après avoir vérifié en riant que la chevelure de la sultane n'abritait aucun animal importun, Tchinza s'était installée auprès de sa mère et de leur nouvelle maîtresse, sur les coussins moelleux qui couvraient le tapis.

Entre elles était posé un plateau, sur lequel étaient arrangés des verres colorés, une cafetière d'étain à long bec et des pâtisseries au miel. Nehanda avait préparé elle-même ce goûter, en tâtonnant dans la pièce voisine du salon, où étaient disposés un brasero et de la vaisselle.

– J'ai l'habitude ! avait-elle dit à sa fille, qui voulait l'aider. Il faut que j'apprenne à me débrouiller seule.

À présent, elles étaient toutes les deux accroupies à côté de cette femme qui leur avait sauvé la vie, si proche et pourtant si différente d'elles. Elles s'étaient mises à parler doucement, comme des amies d'enfance qui se retrouvent après de longues années de séparation. Chacune racontait le destin qui l'avait conduite en cet appartement raffiné du palais de Zanzibar.

Nehanda avait commencé.

Elle décrivit la trahison de Bola, son long calvaire à travers la brousse : elle avait marché enchaînée depuis Zimbaboué jusqu'à la côte, au milieu de ses guerriers hébétés, impuissante devant la cruauté de leurs gardiens, qui jetaient dans les fossés les blessés et les malades quand ils ne pouvaient plus marcher. Puis Nehanda avait confirmé ce que Tchinza avait appris dans l'entrepôt : sa tentative de fuite sur le chemin du palais, son échec, comment Manoel l'avait matraquée pour la punir.

– Et tout à coup, conclut-elle simplement, le jour s'est éteint. L'instant d'avant, je voyais la figure de mon tortionnaire. L'instant d'après, je ne la voyais plus. À la place, il n'y avait que du noir... C'était plus agréable, finalement, ajouta-t-elle avec un petit rire.

Ni Salmé ni Tchinza ne dirent un mot – elles comprenaient que Nehanda ne voulait pas de vaines paroles de pitié. Mais la princesse se nicha contre l'épaule de sa mère comme elle avait coutume de le faire toute petite.

Ce fut ensuite au tour de Tchinza. Elle raconta comment elle avait pu quitter Shaka le Zoulou grâce à David, comment elle avait rencontré Damian et Kounzi, regagné Zimbaboué et découvert la traîtrise dont sa mère avait été victime. Nehanda lui posa des questions : comment était sa ville, à présent ? Que lui avait dit Moubarikoua ? Bola avait-elle gagné le cœur des guerriers ? Tchinza la rassura :

– Ils nous attendent. Moubarikoua prépare notre retour. Il suffira que tu paraisses, et les guerriers retrouveront leur courage.

– Pas s'ils continuent de redouter Manoel, répondit Nehanda, un pli soucieux sur le front.

Ce fut Salmé qui se fit rassurante, cette fois :

– Vous n'êtes pas les seules à vouloir vous débarrasser de cet homme. Même ici, à Zanzibar, dans le palais, je connais des gens qui voudraient que cesse le commerce des esclaves.

Elle fit une pause et ajouta, pensive :

– Je me sens tellement impuissante...

Tchinza la dévisageait, stupéfaite. Qui était cette femme si belle et si richement vêtue, que les gens de Zanzibar disaient au contraire toute-puissante ?

– Comment se fait-il, demanda-t-elle, que vous, qui êtes tellement différente, vous vous trouviez ici, dans ce palais ? et dans cette île qui vit de son marché aux esclaves ?

– Pour expliquer ce mystère, il faut que je vous raconte mon histoire...

À peine eut-elle prononcé ces premiers mots que la sultane parut absente. Son corps était là, mais ses pensées s'étaient enfuies loin du harem. Alanguie sur les coussins, Salmé laissait monter des images d'un autre temps, d'un autre monde.

Des images qu'elle décrivait pour Tchinza, la petite princesse africaine.

– Je viens d'une ville féerique qui se trouve très loin d'ici, au-delà de la mer, au-delà du désert...

dans un empire immense qu'on appelle la Perse. J'ai passé mon enfance dans cette ville qui sentait la muscade tant le commerce des épices y était florissant. Je vivais dans un palais ouvert sur des jardins pleins de jasmins et de fontaines, près d'une forêt profonde habitée par des djinns.

» Je ne savais pas ce qu'était une barrière, une grille, une porte fermée... je passais mes journées à courir dans les orangeraies, à galoper sur mon alezan. Avec mes suivantes, je m'enfonçais au cœur de la forêt, où nous nous baignions dans l'eau claire d'une petite rivière. Les djinns veillaient sur nous ; jamais il ne nous arrivait rien.

» Une fois rentrée au palais, je faisais de la poésie et je jouais aux échecs. Lorsque le soleil se couchait, nous nous allongions sur la terrasse, au-dessus des jardins. Ma mère venait nous rejoindre. Elle inventait des histoires pour moi et nous les disait au clair de lune, quand le parfum des jasmins et la musique des fontaines montaient jusqu'à nous... Elle savait si bien raconter. Il y était question de belles dames, de longs voyages, d'oiseaux phénix et de jeunes hommes pauvres devenus princes par magie. Nous rêvions qu'un jour un prince viendrait nous emporter sur son tapis volant...

Salmé s'interrompit. Ses grands yeux bruns étaient d'une profondeur insondable, comme la forêt qu'elle avait évoquée. Accroupie à ses côtés, Tchinza gardait les siens plongés en eux, comme si elle pouvait y contempler elle-même cette ville qui sentait la muscade.

– Il n'est pas bon pour une jeune fille de trop rêver, intervint Nehanda. Les tapis volants n'existent pas.

Tchinza sourit. Elle reconnaissait bien là sa mère : ne jamais perdre une occasion de donner un enseignement utile.

– Tu as raison, Nehanda, répondit Salmé avec un soupir. Les tapis volants n'existent pas. À la place de mon jeune homme pauvre changé en prince, j'ai vu venir un vieux sultan riche et laid.

– Chch... ! murmura Nehanda. On pourrait t'entendre.

– Cela m'est égal. Le sultan ne peut penser que je le prends pour un beau prince. Et puis, que pourrait-il me faire ?

– Tu parles du sultan de Zanzibar ? demanda Tchinza.

– Oui... Il est arrivé dans ma ville quand j'avais ton âge. Il venait de faire la guerre contre mon père, sur la frontière sud, et il avait gagné plusieurs batailles. Mon père était fatigué de la guerre, et notre empire était si grand qu'il jugeait peu important d'en laisser un petit bout au sultan de Zanzibar, qui a si peu de terre. Il l'a convié en notre palais pour faire la paix...

– Et il t'a vue... Et il t'a voulue pour épouse !

– C'est en chassant dans la forêt qu'il m'a vue, un jour que je me baignais avec mes suivantes. Les djinns n'ont rien pu faire. Ils savaient chasser les brigands, mais pas les riches prétendants.

– Mais comment ton père a-t-il pu te laisser partir ?

– Le sultan et lui sont devenus des amis. Ils avaient le même âge, ils jouaient aux échecs ensemble. Le sultan a promis qu'il me couvrirait de trésors, que je serais une idole, que son île était un paradis... Et que notre union serait le meilleur gage de paix entre nos deux pays.

– Il mentait ?

– Oh, non, répondit Salmé en montrant son poignet enserré dans un lourd bracelet de diamants. Il m'inonde de présents et de son amour, il écrit de longues lettres d'amitié à mon père...

– Le sultan de Zanzibar, dit Nehanda, a la réputation d'être un homme d'honneur.

– Simplement, reprit Salmé, il n'avait pas promis qu'il me laisserait libre... Chez moi, je courais et je galopais tout le jour dans les jardins et dans la forêt... Je gagnais des concours de poésie et j'affrontais les grands seigneurs aux échecs. À Zanzibar, je ne peux sortir de cette pièce qu'entourée d'une garde d'eunuques et le visage masqué. Les femmes du palais ne savent pas écrire... Quant à faire de la poésie !

– Pourquoi ne t'es-tu pas enfuie lorsque tu étais encore en Perse ? Ton alezan...

– Dans l'Empire perse comme sur cette île, les filles obéissent aux pères. J'ai obéi.

– Tu vois, Tchinza, intervint Nehanda en caressant la main de sa fille, Salmé n'est pas une esclave et pourtant elle ne s'appartient pas. Tires-en la leçon.

– Oui-ma-man, chantonna Tchinza comme elle faisait toujours quand sa mère lui donnait une leçon de morale.

– Si jamais tu peux un jour retourner en pays shona... commença Nehanda.

– Sois sûre que personne ne m'obligera à me marier ! s'exclama la petite princesse, comme piquée par une guêpe. J'ai toujours fait ce que je voulais, et ça ne va pas changer !

– Ai-je dit qu'une reine était libre de faire ce qu'elle voulait ? gronda Nehanda d'un ton sévère. Tu seras reine un jour, peut-être plus tôt que tu ne le crois, ma fille. Or une reine ne fait pas « ce qu'elle veut ». Elle ne s'appartient pas. Elle appartient à son peuple. Peut-être qu'un jour tu devras épouser un homme qui plaît à ton peuple et non pas à toi. Alors, surtout, ne rêve pas de tapis volant...

Tchinza ne répondit pas. Elle n'avait jamais réfléchi à l'amour ni au mariage de cette manière. Elle était si jeune.

Du moins... elle l'était quand elle avait été faite prisonnière par les Zoulous... mais les mois avaient passé ; elle avait connu le danger, le combat, elle avait vu des horizons nouveaux, des hommes nouveaux. Elle avait vu deux garçons sur le point de se battre pour elle. Elle n'était plus une enfant, et le peuple shona...

Un petit rire résonna dans la pièce. Pour la première fois, Salmé montrait de la gaieté.

– Pour le moment, vos majestés, fit-elle remarquer, vous êtes encore plus prisonnières que moi !

Tchinza adressa un regard de reproche à la sultane. Aussitôt, celle-ci retrouva ses yeux graves et tristes.

– Je suis désolée, ça m'a échappé.

– Salmé a raison, dit Nehanda avec un sourire. Difficile de trouver deux personnes qui s'appartiennent moins que nous aujourd'hui...

Tchinza ne répondit pas tout de suite. Au lieu de cela, elle se pencha vers Salmé et lui fit signe de l'imiter.

– Nous sommes plus libres que vous ne le croyez, chuchota-t-elle mystérieusement.

Elle s'interrompit pour mieux goûter l'étonnement de ses deux compagnes. Nehanda fut la première à pressentir la vérité. Elle murmura à l'oreille de sa fille :

– Toi, tu sais quelque chose...

Chapitre 8

Un message

– Que veux-tu dire ? demanda la sultane à Tchinza. Comment pourrions-nous être « plus libres que nous le pensons » ?

Tchinza jeta un coup d'œil vers la porte et baissa la voix :

– Je ne veux pas parler dans cette pièce. Peut-être qu'ils nous écoutent.

Elle se tut et parcourut la pièce du regard.

– Il n'y a aucun endroit d'où je pourrais voir la rue ?

Salmé laissa à son tour ses regards errer sur le marbre du sol, les tapis, les coffres en bois de rose... Puis elle montra la grande fenêtre fermée de volets ajourés qui filtraient la lumière du dehors...

– Non. Il y a bien un balcon derrière ces volets, mais il ne donne pas sur la rue.

– Il faut vraiment que je trouve une fenêtre d'où je peux voir la rue... insista Tchinza. Ou plutôt : une fenêtre d'où l'on puisse me voir depuis la rue.

D'un mouvement alerte – plus alerte que n'aurait laissé penser son allure mélancolique –, la sultane Salmé se redressa et se leva.

Une fois debout, elle révélait une silhouette petite mais fine et déliée, souple comme une danseuse, dans son pantalon léger et sa tunique aux tons d'aurore. Elle se tourna vers la jeune Africaine :

– Allons sur le balcon. Personne ne pourra écouter nos voix.

Zanzibar était plein de surprises. L'une d'elles attendait la princesse africaine de l'autre côté des volets de bois ajourés.

Plus rien, que l'air et l'eau... Tchinza avait l'impression d'être en suspension au-dessus de la mer. La pièce d'où elle sortait était une cage obscure tapissée de coussins et de miroirs. L'endroit où elle se trouvait à présent était aussi ouvert et venté qu'aurait pu l'être un fauteuil posé sur un nuage.

– Ça alors ! s'exclama-t-elle. Tu as vu ça, maman ?

– Non, répondit Nehanda derrière elle, d'une voix pleine d'indulgence. Mais décris-moi ce que tu vois, ma fille. Sois mes yeux.

Tchinza se retourna, navrée.

– Ooh... Je te demande pardon...

Puis elle reporta son attention sur la mer et s'appliqua à obéir, les sourcils froncés par l'attention que demandait cet exercice nouveau : décrire un paysage à une aveugle.

– Mmh, voyons... Nous sommes sur un balcon en surplomb au-dessus de la mer. On ne voit pas la rue, en effet. Si je lève la tête, j'aperçois une corniche bordée de poutres qui soutiennent le toit du palais. Si je la baisse, je vois les rochers sur lesquels est construit le bâtiment. Devant nous, il n'y a que les vagues et le ciel... Et sur le côté, à condition de se tordre la nuque, on entrevoit un bout de plage bordé de maisons. Et des bateaux. Beaucoup de bateaux à voiles, sur la plage et sur la mer...

– Des praos, précisa Salmé. Les pirogues à voiles des pêcheurs de Zanzibar. À cette heure-là, ils rentrent. Plus loin, là-bas, il y a les navires de commerce qui partent pour l'étranger. Pour l'Afrique, l'Asie, l'Europe, et...

Salmé se tut, laissant sa phrase en suspens.

– ... et la Perse, compléta Nehanda.

– Tu as raison, murmura Salmé. Ça me fait trop mal de voir cela. Au début, je passais tout mon temps sur ce balcon à regarder les bateaux prendre le large. Je rêvais que j'étais sur l'un d'eux, en route vers la Perse, de retour chez moi. Et puis...

Sa voix se brisa. Elle reporta son regard sur les praos. Nehanda devina encore une fois la raison de sa tristesse.

– Tu ne peux pas rentrer chez toi, n'est-ce pas ?

– Non ! avoua Salmé dans un souffle. Si un jour je rentre chez moi, ce sera que le sultan m'a répudiée ou que je me suis enfuie. Dans les deux cas, je n'oserais même pas me présenter à mon père. La honte serait trop grande.

– Tu es donc encore plus prisonnière que nous ! conclut Tchinza en inclinant la tête d'un air espiègle.

Elle avait dit cela d'un ton joyeux, mais elle ajouta aussitôt, en posant la main sur l'épaule de sa nouvelle amie :

– Sultane Salmé, il n'existe pas de prison dont on ne puisse s'évader. C'est une chose que m'a apprise la vie – et ma mère.

– Bien parlé, ma fille, dit Nehanda. À présent, explique-nous comment nous pourrions nous évader de cette prison-là.

La princesse raconta comment les mouzoungous qui l'avaient aidée à quitter Shaka le Zoulou étaient prêts à faire évader Nehanda ; et comment, ensemble, ils avaient mis au point la ruse qui avait permis à la princesse d'entrer dans le palais.

– La vieille femme de l'entrepôt me disait que tu étais morte, mais je ne voulais pas le croire, conclut-elle, et j'ai eu raison !

– Mais maintenant que tu es là, fit remarquer Nehanda, comment as-tu l'intention d'en sortir ?

– Avec l'aide de mes amis mouzoungous, de Kounzi et de Moutiti... Ils doivent être quelque part autour du palais, à guetter un signe de moi. Il faut que je trouve le moyen de communiquer avec eux.

– Et ensuite ? insista Nehanda.

– Avec l'aide de Salmé, si elle veut bien, nous trouverons une idée. Si elle ne veut pas... Non, je ne sais pas !

Tchinza se rendit compte que ni sa mère ni la sultane n'étaient impressionnées par son plan. Elle devait bien admettre qu'il était plutôt flou. Elle ajouta, d'un ton plus assuré qu'elle ne l'était en réalité :

– Je trouverai !

Il y eut un moment de silence.

Tchinza et Salmé étaient accoudées à la rambarde de fer forgé qui entourait le balcon, plongées dans la contemplation de la mer. Nehanda restait appuyée le long du volet de bois, les yeux ouverts sur sa nuit sans fin.

La princesse eut le cœur serré. Elle comprenait combien son entreprise était hasardeuse. Bien sûr, elle avait eu raison : oui, elle avait bien retrouvé Nehanda... Mais aveugle. Comment pourraient-elles fuir toutes les deux, même si elle trouvait le moyen de communiquer avec David et Damian ? Il était prévu qu'ils arpentent les rues qui entouraient le palais jusqu'à ce que Tchinza leur fasse passer un message...

– Il n'y a aucune fenêtre qui donne sur la rue, dans mon appartement, rappela Salmé, dont les pensées avaient suivi le même cours. Je n'ai que ce balcon entouré de mer. Parfois, le sultan m'envoie des musiciens, qui s'installent là pour jouer le temps que le soleil se couche. C'est très beau... mais j'y suis aussi prisonnière que dans ma chambre.

– Tu ne sors jamais ?

– Si... quand je vais rendre visite à la sœur du sultan. (Salmé eut un de ses rares sourires et poursuivit :) J'aime y aller. C'est le seul endroit où je peux encore jouer aux échecs. Mon neveu, le fils de cette dame, est sans doute l'unique joueur d'échecs de Zanzibar. Et le sultan accepte qu'il joue avec moi à condition que je reste masquée en sa présence et gardée par mes eunuques.

– Si nous t'accompagnions, est-ce que nous pourrions parler à quelqu'un, par exemple à Moutiti, sur le trajet ?

– Non. Impossible. Je te l'ai dit, je ne sors qu'entourée de gardes, et personne ne peut m'approcher, ni moi ni mes servantes. Je ne vois pas comment...

Salmé s'interrompit, fronça ses jolis sourcils, puis leva la main pour signaler qu'une idée lui venait. Elle reprit, une lueur joyeuse dans le regard :

– Si... Bouboubou.

– Bouboubou ? qu'est-ce que c'est que ça, Bouboubou ?

– C'est le bruit de l'eau qui coule. Et le nom d'une fontaine, qui se trouve à deux heures de marche d'ici, sur la côte nord de Zanzibar. Nous y allons parfois déjeuner, lorsqu'il fait trop chaud ici. Tout le harem, toutes les dames partent ensemble, avec leurs servantes, leurs eunuques... Cela fait une centaine de chevaux et de mules sur le chemin... C'est un énorme charivari. Dans ces conditions, il est bien difficile de nous surveiller. Alors, nous sommes plus libres... Quelquefois, je m'échappe jusque sur la plage sans que personne le voie...

– Tu n'as jamais pensé à t'enfuir ?

– Oh, si ! Mais je n'irais pas bien loin, les abords de la plage sont gardés.

– Et la mer ?

– Oui, bien sûr, par la mer, ce serait possible. Dangereux, car il faudrait entrer dans l'eau pour rejoindre un bateau. Mais possible... Seulement...

– Seulement quoi ?

– Je n'ai nulle part où aller. À quoi bon s'enfuir ?

Tchinza se retint de réagir, mais elle n'en pensait pas moins : « Moi, je trouverais bien un endroit où aller, si j'étais aussi malheureuse que toi. »

– Il ne sert à rien de fuir sans avoir un bon plan, intervint Nehanda d'une voix claire, prouvant une fois de plus qu'elle connaissait bien sa fille.

– D'accord, d'accord, grogna Tchinza. Bon, revenons à Bouboubou. Nous, nous avons un plan : mes amis pourraient prendre un bateau et nous rejoindre sur la plage... Est-ce qu'une promenade est prévue bientôt ?

– Il suffit que je le demande. C'est le genre d'ordre que j'ai le droit de donner.

– Parfait... Nous progressons.

Nehanda leva la main.

– Je dois te dire quelque chose, Tchinza...

Elle s'interrompit. Elle semblait ne pas oser formuler sa pensée. La princesse considéra le calme visage encadré par les plis du voile blanc ; c'était la première fois qu'elle l'entendait parler sur ce ton hésitant, presque timide.

La reine rassembla son courage et poursuivit :

– Si tu trouves le moyen de partir, ma fille, ne m'emmène pas... Ne t'encombre pas d'une aveugle. Je ne suis plus bonne à rien.

– Maman ! cria Tchinza avec une stupéfaction douloureuse. Si je repars sans toi, à quoi bon être venue ? s'indigna-t-elle.

– Tu dois partir, répondit Nehanda, qui avait retrouvé toute son autorité. Pour prendre le trône du royaume sho...

– C'est toi la reine, pas moi ! coupa sa fille, à présent hors d'elle.

– Calmez-vous, je vous en prie, murmura Salmé, nous sommes loin de pouvoir discuter de cela. Nous ne savons même pas où sont tes amis, Tchinza.

Les deux esclaves n'avaient rien à répondre à cela. Elles se turent, donc.

Tchinza, Nehanda et Salmé étaient à présent toutes trois immobiles, abattues.

La princesse s'était mise à scruter l'horizon, absurdement, comme si ses amis allaient tout à coup surgir des flots pour l'emporter au loin.

La sultane tendait son visage à la brise tout en rêvant qu'elle rejoignait son enfance au galop d'un alezan enchanté.

La reine écoutait le cri des mouettes et le chuintement du ressac contre les murs du palais, hantée par cette interrogation lancinante : « Que penseront mes guerriers devant une reine infirme ? »

Le temps passa ainsi tandis que les cœurs se gonflaient de tristesse muette. Aucune n'osait avouer aux deux autres ses inquiétudes. Tchinza et Salmé continuaient de regarder la mer... Et Nehanda continuait d'écouter la nature.

Le chuintement du ressac se faisait plus fort, il semblait furieux, énervé...

Soudain, Nehanda quitta sa place et marcha vers le bord du balcon. Ne la voyant pas, elle buta contre la rambarde mais ne recula pas pour autant ; elle se pencha par-dessus la barre de fer forgé comme pour regarder ce qu'il y avait au-dessous.

– Ce bruit ! Il y a quelqu'un en dessous de nous, murmura-t-elle. Écoutez !

– Ce n'est que le ressac, maman.

– Non, non, crois-moi, j'entends quelqu'un. Depuis que mes yeux ne voient plus, j'entends beaucoup mieux. Regardez sous le balcon.

D'un seul mouvement Tchinza et Salmé se penchèrent à leur tour par-dessus la rambarde. Rien. Elles ne voyaient rien que des amas de rochers, qui affleuraient à la surface de la mer. Mais on entendait le chuintement du ressac... Sauf que ce n'était pas le ressac. Ce frottement furieux ne suivait plus le rythme des vagues. D'où venait-il ?

– On ne voit rien, maman, écoute encore, dis-nous d'où vient ce bruit.

Nehanda ferma les yeux et plissa le front, concentrée sur les échos que le monde extérieur faisait résonner en elle.

– Non, ce n'est pas en dessous, dit-elle au bout d'un moment. Ce que j'entends est un bruit venu de loin qui résonne contre le mur du palais...

Tchinza était stupéfaite par cette nouvelle aptitude de sa mère. Elle-même avait beau tendre l'oreille, elle ne percevait qu'un vague frottement d'air, comme une cape de cuir qu'on secoue pour en enlever la poussière...

– Regardez plus loin, par là, dit Nehanda en tendant la main vers la gauche.

Mais en ce point comme ailleurs, il n'y avait que la mer et des pirogues à voiles. Plus exactement, il n'y avait de ce côté qu'une seule pirogue.

– Je ne vois r... commença Tchinza.

– Attends, l'interrompit Salmé. Regarde ce prao...

– Quoi ? Il est comme les autres !

– Non ! Observe bien. Tu ne vois rien ? Il a sa voile, mais il ne bouge pas...

Tchinza plissa les yeux. Oui, la pirogue ne filait pas dans le vent comme toutes ses pareilles. Sa voile était hissée, mais elle n'était pas gonflée ; elle ondulait dans le vent... comme une cape de cuir qu'on secoue !

– Le bruit vient de là, soupira Tchinza, déçue. Maman, c'est un voilier, simplement, qui est immobilisé. Rien d'intéressant...

– Mais si, c'est intéressant, insista Salmé. Je sais pourquoi ce prao n'avance pas. Il est à l'ancre, on voit la chaîne à l'avant, qui va de la proue à la surface de l'eau. Ce prao est à l'ancre, et pourtant on a hissé la voile, pourquoi ? C'est la voile qui fait ce bruit, de quoi l'abîmer, à coup sûr !

– Si nous avions l'instrument de David pour voir au loin, dit Tchinza, ce qu'il appelle sa longue-vue, nous le saurions ! J'ai mal aux yeux à force de regarder...

– Regarde encore, murmura Nehanda d'une voix étrange, je t'en prie, regarde... Ce n'est pas normal, je le sens, la pirogue nous parle... elle veut nous dire quelque chose, à nous.

Un frisson parcourut le dos de Tchinza. Est-ce que sa mère avait acquis des pouvoirs magiques, depuis qu'elle était aveugle ? Est-ce qu'elle voyait des choses que les humains ne voient pas ordinairement ? Elle fixa son attention sur l'embarcation à l'ancre.

Sur le pont, entre la coque et la bordure de la voile, on voyait des silhouettes humaines. Immobiles. Il était difficile de les distinguer les unes des autres, mais elles semblaient tournées vers le palais. Tchinza essuya les larmes qui lui brouillaient la vue.

– Si c'est eux, s'énerva-t-elle, pourquoi ne font-ils pas signe ?

– Parce qu'ils ne savent pas que tu es là, expliqua Salmé. Il y a des gardes qui surveillent la mer depuis le toit. S'ils voient des pêcheurs nous faire des signes, ils pourraient avoir envie d'envoyer quelques-uns d'entre eux les arrêter.

– C'est gai !

– Il faut que tu regardes mieux, Tchinza, insista la sultane.

– Je ne fais que ça, regarder !

La princesse ferma les yeux pour se reposer de la lumière et les rouvrit aussitôt, rongée de curiosité. Toujours ces silhouettes... une était plus grande, une autre plus petite... et deux autres, juste deux taches claires... L'une d'elle se détacha et se plaça à la proue... tout était clair en elle, une chemise blanche, un visage pâle et... des cheveux blonds !

– Damian ! C'est eux ! C'est eux ! Mes amis ! Ils sont là !

Tchinza sautait sur place comme un cabri en pointant le doigt dans la direction de la pirogue.

– Chut ! gronda Nehanda, on va t'entendre !

– Il faut leur faire un signe, leur dire que nous les avons vus.

Tchinza commença à faire des grands mouvements de bras. Aussitôt, Salmé lui attrapa l'épaule et la tira en arrière.

– Aaaïe, tu me fais mal !

– Non, quelque chose de discret, Tchinza.

– Mais les gardes ne peuvent pas nous voir, où nous sommes !

Salmé montra les bateaux qui se croisaient plus loin devant le balcon.

– Là aussi, il peut y avoir des gens qui nous surveillent.

– Sur l'eau aussi ? Par Mouari, je croyais que tu étais l'épouse préférée du sultan, inondée d'amour et de présents ! Et tu ne peux même pas faire un geste à la fenêtre ?

– Non, je ne peux pas, convint Salmé en soupirant. Je pensais que tu avais compris.

– Plutôt que de poser des questions inutiles, intervint Nehanda, trouve un moyen de prévenir tes amis.

– Sans bouger et sans ouvrir la bouche, ça va être dur ! s'énerva la princesse sans cesser d'observer le prao à l'ancre.

Tout à coup, elle vit les silhouettes commencer à s'agiter comme pour entamer une manœuvre.

« Oh, non ! se dit-elle. Ils vont partir ! C'est trop bête ! Il faut que je me calme... Il doit y avoir une solution. »

Elle fixa son regard sur la tache blanche de la chemise de Damian. Il était penché au-dessus de la proue, à présent, peut-être occupé à remonter l'ancre. Si loin... comme elle avait envie d'être avec lui ! Il fallait qu'il sache qu'elle était là, sur ce balcon – il devait voir le balcon, certainement...

– Remarque, lui non plus, il n'a pas fait de grands gestes, admit-elle à voix haute. Il n'a pas crié... C'est simplement la couleur qui m'a permis de le reconnaître...

Elle se tut un instant et reprit, pensive :

– Il faut donc que ce soit la couleur qui lui permette de me reconnaître.

– Sauf qu'à Zanzibar, s'amusa Salmé, les peaux noires, ce n'est pas un signe de reconnaissance très évident !

Tchinza se tut, baissa les yeux vers son propre corps : ce n'était pas sa peau noire qu'elle voyait, mais le long voile bleu que David lui avait donné.

– Je ne suis pas noire, je suis bleue ! répondit-elle sur le même ton.

Elle fit un pas en avant dans l'espoir que sa silhouette se détache du fond. Ses amis pouvaient-ils distinguer la couleur de ses vêtements, d'où ils étaient ? Elles étaient trois femmes sur le balcon, et elle était à demi masquée par la rambarde. Ils ne devaient voir que des formes mélangées. Tchinza regarda autour d'elle, leva les yeux...

Le volet ! Elle avait trouvé !

– Mais qu'est-ce que tu fais, s'écria Salmé, stupéfaite et inquiète.

– Tu vois bien, je me déshabille.

– Mais tu es nue !

– Je ne suis pas nue, j'ai mon pagne et mes perles. Tu ne les trouves pas jolies ?

– Mais ça ne se fait pas, Tchinza ! C'est indécent !

– Hé ! oh ! s'énerva la princesse. Tu veux que je fasse un signe ou pas ? Laisse-moi faire. Là, comme ça, je suis sûre qu'ils reconnaîtront ma tunique.

Et tout en parlant, elle avait fini de détacher la grande pièce de tissu bleu enroulée autour de son corps. Elle la tordit et se la noua en bandoulière, puis, sans un mot d'explication, se mit à grimper le long du volet...

– Nehanda, arrête-la, elle est folle !

– Que fait-elle ? s'inquiéta la reine en levant le visage dans la direction où elle entendait sa fille s'agripper des pieds et des mains sur les aspérités du bois.

– Elle grimpe le long du mur avec son voile en bandoulière. Et la voilà qui agrippe la corniche, un pilier... Mais c'est fou ! elle est sur la corniche !

– Son nom signifie antilope, commenta Nehanda sans faire écho aux exclamations anxieuses de la sultane. Mais elle pourrait être appelée Panthère ou Macaque. Elle grimpe aussi bien qu'eux aux arbres.

– Mais c'est très dangereux ! La corniche n'a pas un pied de large !

– Ça lui suffit, répondit simplement la reine aveugle.

Cependant, Salmé n'avait pas tout à fait tort d'être inquiète.

Pour arriver à l'endroit qu'elle visait, Tchinza devait marcher un pied devant l'autre le long de l'étroite corniche. Ses seuls points d'appui étaient les poutres, mais elles surplombaient le bâtiment en biais, ce qui l'obligeait à se déplacer le corps penché au-dessus du vide, les doigts accrochés aux angles des poutres.

Une main sur la bouche, Salmé se retenait de crier tandis que l'acrobate progressait lentement, tous muscles tendus. Tchinza s'efforçait de ne pas penser aux rochers qui l'attendaient en bas si ses doigts lâchaient.

« Ne pas rester sur place... Bouger sans arrêt... Pas trop vite et pas trop lentement... Ne pas laisser mes jambes ou mes bras trembler... »

Ouf ! Enfin elle arrivait au coin du bâtiment. En un mouvement aussi souple que celui d'un félin, elle s'enroula autour d'une poutre, sur laquelle elle se retrouva à califourchon. Elle risqua un regard derrière elle, sous le toit. Il y avait des gardes, en effet, mais ils avaient autre chose à faire qu'à guetter d'éventuelles équilibristes suspendues aux poutres. Leur sabre et leurs turbans posés à terre, ils étaient tous accroupis autour d'un grand plat fumant où ils piochaient tour à tour avec les doigts sans même se préoccuper de protéger leurs superbes uniformes de soie rouge. Le moment était bien choisi.

En un instant, Tchinza défit son voile et l'accrocha en deux points sous la poutre. Aussitôt, il se déploya, véritable étendard claquant dans le vent.

Le temps que Tchinza redescende de son perchoir, l'agitation était devenue intense, sur le prao.

La grande silhouette noire d'un homme torse nu était allée rejoindre la chemise blanche de Damian.

– Je vois Kounzi, maintenant ! s'écria Tchinza.

– Et moi, j'entends la chaîne de l'ancre qui remonte, signala Nehanda, les yeux fermés sur son monde à elle, fait de riches sonorités. Une voix me souffle qu'ils t'ont reconnue, ma fille.

– Il a compris ! s'exclama encore Tchinza en riant. J'en étais sûre !... Il est vraiment moins bête qu'il n'en a l'air !

– De qui parles-tu ? demanda Nehanda soudain intriguée. De Damian ? De Kounzi ?

– Euh... commença, Tchinza, qui, soudain, cria, sans plus songer à la question de sa mère : Ça y est, ils arrivent !

Et elle sauta dans les bras de Salmé tandis que Nehanda secouait doucement la tête avec un sourire entendu.

– C'est bien, tout ça, fit-elle remarquer, mais une fois qu'ils seront sous le balcon, qu'allez-vous faire ? Vous voulez sauter dans le bateau ?

Un nouveau silence salua cette remarque de bon sens.

– Pourquoi pas ? demanda Tchinza sans y croire.

– N'y songe pas ! dit Salmé en posant ses mains sur ses joues roses d'excitation. C'est beaucoup trop haut... Il n'y a qu'une solution : leur envoyer un message.

– Mais si nous crions, les soldats nous entendront. Ils sont juste au-dessus, je les ai vus. Ils ne regardent pas la mer, en ce moment, mais si nous nous mettons à hurler, ils finiront par se demander ce qui se passe...

– Pas en criant, bien sûr, un message écrit !

L'expression joyeuse de Tchinza se figea sur son visage. Salmé, inconsciente de sa réaction, continuait sur le sujet :

– Je vais te chercher du papier et une plume, réfléchis à ce que tu veux leur écrire...

– Je... commença Tchinza.

– Eh bien quoi ? rétorqua Salmé, agacée.

La princesse baissa les yeux.

– Voyons, lui dit Nehanda, pourquoi as-tu honte de répondre ?

Elle se tourna vers Salmé et parla à la place de sa fille :

– Tchinza et moi, nous ne savons pas écrire. Le peuple shona n'a pas d'écriture. Ce sont les Arabes et les mouzoungous qui écrivent. Nous n'avons pas...

Salmé fit un large sourire.

– Ce n'est pas une honte ! Aucune femme du harem ne sait écrire... (Elle se tut et acheva, avec un brin de fierté :) Sauf moi ! Dans mon pays, on trouve normal qu'une princesse sache écrire. Ici...

Elle s arrêta et montra la pirogue dont elles ne voyaient à présent que la proue, dirigée droit sur le palais.

– Il faut se dépêcher, regardez, ils arrivent ! Il faut trouver ce que nous voulons leur écrire avant que le prao passe près du balcon.

– Tu nous as exposé comment faire, lui fit remarquer Tchinza. Écris-leur qu'ils doivent se trouver sur la plage de Bouboubou au moment où nous pourrons y être sans nous faire remarquer. Tu as bien dit que tu pouvais décider d'y aller quand tu voulais ?

– Oui, quand je veux... pas demain, c'est trop court. Disons... dans quatre jours.

– Parfait ! Écris tout cela sur le papier en donnant le nom de la plage et le moment où ils doivent s'y rendre... Et on verra bien !

Aussitôt dit... Salmé courut dans sa chambre et ressortit avec un morceau de cahier, une plume et un encrier pareils à ceux de David. Accroupie, elle commença à tracer de jolis signes d'une élégance bien plus déliée que ceux des mouzoungous.

– C'est drôle, tu n'as pas du tout la même manière d'écrire que David !

Salmé suspendit son geste.

– Que je suis bête ! s'exclama-t-elle.

– Quoi ?

– Tu as raison ! Bien sûr que je n'écris pas comme les mouzoungous. J'écris en caractères arabes, pas mouzoungous. Nous n'avons même pas les mêmes lettres. Comment ton ami va-t-il faire ? Il va recevoir un mot et il ne saura pas comment le lire...

Elles échangèrent un regard atterré : tout ça pour rien !

– Ne vous inquiétez pas, les rassura Nehanda. Faites-leur confiance. Ils ont déjà découvert tout seuls que les fenêtres de la sultane ne donnaient pas sur la rue mais sur la mer. Ils ont trouvé le moyen de prendre un prao et puis de nous faire comprendre qu'ils étaient là... Ils s'arrangeront bien pour déchiffrer un message même s'il est en caractères arabes.

– Merci maman ! Pour un peu, j'allais abandonner. Vite, Salmé, regarde, on voit Moutiti à l'avant du bateau.

Sur la proue du prao, qui fendait la mer comme une lame, le petit corps noir de Moutiti faisait comme une virgule accrochée au bas de la voile. Il n'y avait plus de temps à perdre.

– Il faut un objet lourd à leur jeter en même temps que le papier, objecta Tchinza. Sinon, le message va s'envoler. Et protéger le papier...

Salmé disparut dans la pièce tandis que Tchinza restait à surveiller le bateau, et bientôt la sultane revint, avec, dans la main, une jolie bourse de cuir.

– J'y ai mis le papier et mon bracelet, pour la lester...

– Ton bracelet de diamants ? Mais il vaut une fortune !

– Cela m'est égal. J'espère qu'il vous portera chance.

– David te le rendra, de toute façon.

– Il n'est pas sûr que je le rencontre... Au moment de fuir, il faudra que vous fassiez vite sans vous occuper de moi.

Une ombre de tristesse passa sur le visage de Tchinza. Elle songeait qu'elle allait perdre sa nouvelle amie alors qu'elle venait à peine de la rencontrer.

– Ne me regarde pas comme ça, dit Salmé en détournant les yeux. (Elle montra la pirogue qui longeait à présent le bâtiment.) De toute façon, si jamais la bourse tombe à côté du bateau, tout est à l'eau... C'est le cas de le dire, ajouta-t-elle avec un petit rire.

– Ne t'inquiète pas pour ça ! répondit la princesse, sa bonne humeur retrouvée. Je suis championne de tir aux oiseaux, n'est-ce pas maman ?

– Toujours vantarde, répondrait Moutiti.

– Vous allez voir ça !

Chapitre 9

Bouboubou

La longue file des dames du harem cheminait au pas des chevaux. Chacune des cavalières était précédée de ses esclaves et accompagnée de plusieurs eunuques. En arrière-garde, venaient des carrioles chargées de victuailles, les palefreniers, les servantes et encore des gardes... Tout cela formait un cortège de près de deux cents personnes.

– Tu parles d'un pique-nique ! fit remarquer Tchinza à Salmé. On dirait un exode.

– Presque, s'amusa la sultane. J'ai toujours trouvé ça ridicule, ces femmes qui se promènent toutes ensemble. Mais cette fois, ça va nous être bien utile. Il vous sera beaucoup plus facile de vous enfuir au milieu de cette foule que si nous étions seules.

Salmé montait une jolie petite jument blanche, en amazone sur une selle de cuir damasquiné au tapis de velours à pompons. Tchinza marchait à côté d'elle, suivie par Nehanda, une main posée sur l'épaule de sa fille.

– Comme ça sent bon ! murmura la reine aveugle en prenant une longue inspiration.

En effet, l'air était frais, parfumé. N'aurait été l'angoisse que lui inspirait son projet d'évasion, Tchinza aurait trouvé la promenade merveilleuse. De part et d'autre du chemin, les bois de citronniers étaient en fleur. Plus loin vers l'ouest, au-delà d'une rangée de cocotiers, on apercevait la ligne argentée de la mer, où filaient les praos. On entendait les rires des dames se mêler au chant des oiseaux. La terre ocre de la piste était tendre à leurs pieds nus, et les couleurs du paysage joyeuses. Une brise arrivait du large, qui soulevait doucement le voile de Salmé – du moins le voile le plus apparent.

Tchinza regarda son amie. Elle était méconnaissable.

Non seulement son joli visage était caché sous un masque de cuir, mais son corps était enfoui au cœur d'un amas de voiles superposés. On ne voyait plus rien d'elle, que la lumière de ses yeux et le bout de ses doigts teints au henné.

Vêtue ainsi, Salmé ressemblait à une poupée de chiffon.

– Tu n'as pas trop chaud, là-dessous ? demanda Tchinza.

– Si, mais pour la première fois, je ne le regrette pas. J'ai même rajouté des épaisseurs, ce matin. Vous verrez pourquoi tout à l'heure...

– Les autres aussi, elles rajoutent des épaisseurs ? s'étonna Tchinza en observant les dames qui cheminaient, devant et derrière.

Les petits chevaux du harem étaient tous surmontés de ces poupées de chiffon – certaines petites et étroites, d'autres rondes et énormes.

– Oui, admit Salmé, mais elles, c'est pour le plaisir. Les femmes ici adorent les belles étoffes ; elles les empilent sur elles en toute saison. Tu ne trouves pas que le spectacle est plutôt agréable ?

Tchinza devait en convenir malgré son étonnement devant des coutumes aussi étrangères. Pour être honnête, le spectacle était plus qu'agréable, il était magnifique.

Le tourbillon chatoyant du harem se déployait sur le chemin ; des voiles de mousseline blanche et dorée, des soieries orangées, l'éclat des perles et la lueur douce de l'argent... c'était un régal pour l'œil. Même les esclaves étaient vêtues de riches atours, tant et si bien qu'il était parfois difficile de les distinguer de leurs maîtresses.

Tchinza montra une jeune fille masquée dont le voile laissait apparaître des tresses blondes.

– Il y a des mouzoungous, dans le harem ?

– Oui, des esclaves achetées dans le nord de l'empire des Ottomans, dans le pays de Circassie. On appelle ces femmes « les chats » à cause de leurs yeux clairs.

– Quand je lui dirai ça ! pouffa Tchinza d'un rire espiègle.

– À qui ? intervint Nehanda, gentiment ironique. À Damian ou à Kounzi ?

– Aux deux ! rétorqua gaiement sa fille, sachant que cette réponse n'était pas celle qu'attendait sa mère.

– Tu pourras leur dire aussi que le sultan a plusieurs concubines qui viennent de Circassie, poursuivit Salmé. Et d'autres qui viennent d'Abyssinie, d'autres de l'intérieur de l'Afrique... Et d'Oman, bien sûr, car Oman est la terre d'origine du sultan.

– Quel méli-mélo ! Alors ses enfants sont de toutes les couleurs ?

– Oui, de toutes les couleurs. Et de tous les caractères, aussi. Car ils restent avec leur mère jusqu'à l'âge de sept ans.

À cet instant, un petit visage malicieux surmonté d'un turban à grandes oreilles apparut sous l'encolure de la jument blanche.

– Bonjour maman !

– Bonjour Touéni, répondit Salmé sans grande conviction.

– Je te connais, toi ! s'exclama Tchinza. Tu es la mal élevée de l'autre jour.

Aussitôt, la fillette prouva que l'adjectif la qualifiait parfaitement en répétant la grimace qu'elle avait faite à Tchinza, le jour de son arrivée au harem. Et disparut avec la même agilité.

– Tu as donc une fille, sultane ? s'étonna Nehanda, qui n'avait pu suivre les détails de la scène.

– Oh, non, qu'on me garde d'une fille comme celle-là ! s'exclama Salmé. Touéni est la fille d'une autre épouse du sultan, qui a mon âge et qui ne m'aime guère. Elle fait exprès de m'appeler ainsi pour me faire enrager. Je n'ai pas d'enfant, et ici, dans le harem, c'est considéré comme une tare.

– En pays shona aussi, fit remarquer Nehanda. Partout en Afrique, je crois bien, une femme sans enfant est mal considérée.

– Je le sais, rétorqua Salmé d'un ton de défi. Mais moi, ça m'est bien égal !

– Ce qui prouve que tu n'as pas renoncé à trouver ailleurs qu'ici une vie qui te plaise, conclut Nehanda en baissant la voix.

Salmé resta muette. Tchinza lui jeta un regard en coin. On ne voyait que le profil du masque et la ligne sombre des cils, mais la princesse comprit que sa mère, une fois de plus, avait visé juste.

Elles cheminèrent ainsi encore un bon moment, tandis que le soleil montait au-dessus des arbres. Le sentier était moins aménagé à mesure que le cortège s'éloignait de la ville. Tchinza surveillait ses pas, attentive à écarter les pierres sur lesquelles Nehanda aurait pu buter.

– Ce n'est pas la peine de ralentir, ma fille, murmura la reine. Avance normalement. Je ne veux pas qu'on remarque que je suis aveugle. Sinon, on se demandera pourquoi la sultane s'encombre de moi en promenade.

– Nehanda a raison, confirma Salmé. Tchinza, il va falloir que tu guides ta mère de façon qu'elle puisse avancer aussi vite que nous, en toutes circonstances.

La jeune princesse réfléchit à ce que cela signifiait : sa mère allait devoir se fier à elle totalement ; elle serait ses yeux, même s'il fallait courir.

– On y arrivera ! lança-t-elle.

Elle y croyait. Depuis qu'elle avait vu David déplier le message écrit par Salmé, Tchinza en était certaine : elle retournerait à Zimbaboué, sa mère retrouverait son trône, et la vie reprendrait son cours...

Bien sûr, elle ne pouvait être sûre que David comprendrait le message. Ni qu'il serait à temps à Bouboubou. Ni qu'elles pourraient s'éloigner de la foule sans être vues. Ni qu'il trouverait un bateau assez grand pour les emmener jusqu'en Afrique.

Mais quand elle pensait au prao qui s'éloignait, Damian à la barre et Kounzi à la manœuvre, elle sentait l'espoir monter du fond de son âme comme le soleil sur l'horizon.

•••

Un mouvement se produisit au-devant du cortège. Les chevaux ralentissaient, les uns après les autres.

– Bouboubou est là, dit Salmé, derrière ces grenadiers. Écoutez, on entend le bruit de la fontaine... Le nom du lieu vient de là : *bouboubou,* c'est le chuchotement de l'eau qui coule, en langue souahélie.

– Je l'entends... dit Nehanda. Ou plutôt... c'est curieux... moi, j'entends quelque chose comme *lilili.*

– Il paraît que les mouzoungous disent *glouglouglou...* ajouta Salmé.

– *Bouboubou, lilili* ou *glouglouglou,* pouffa Tchinza, tout ça me donne soif ! On va bientôt s'installer ?

– Oui. Nous pique-niquons sous les grenadiers, autour de la fontaine.

– Toutes ensemble ?

– Oui, chacune fait installer son tapis par ses esclaves, et d'autres esclaves arrivent de l'arrière du cortège avec les victuailles, les réchauds, la vaisselle, les éventails...

– Mais comment pourrons-nous nous échapper ? s'inquiéta Tchinza. Surtout toi, avec tous ces paquets de tissu que tu as sur le corps !

– Nous allons commencer par nous asseoir et par manger, comme si de rien n'était. Puis quand les dames s'allongeront sur leurs tapis pour faire la sieste, nous nous lèverons et nous irons vers la mer...

– On ne dira rien, de nous voir sur la plage à attendre quelque chose ?

– Non, j'ai une façon à moi de passer inaperçue, et...

– Et ?

– Je vous le dirai plus tard.

La voix de Salmé avait changé, brusquement. Tchinza vit qu'un homme approchait d'elles, sur le chemin.

Cet homme n'était ni un eunuque ni un esclave. Dans la force de l'âge, il portait une tunique blanche immaculée et un turban de soie pourpre à longues franges. Sa courte barbe noire allongeait agréablement son visage régulier. Le poignard qui était glissé dans sa ceinture torsadée était rehaussé de pierreries. Rien à voir avec les gens que Tchinza avait vus au marché aux esclaves. L'inconnu était souriant. Ses yeux noirs posés sur Salmé exprimaient admiration et respect.

– Ma tante, je vous souhaite le bonjour, dit-il en se courbant profondément, les mains jointes.

– Je vous souhaite le bonjour à vous aussi, mon neveu. Vous nous accompagnez donc ?

– Je passais à cheval dans les environs quand j'ai aperçu le cortège. J'ai ainsi appris que vous aviez commandé un pique-nique ?

– Le temps n'est pas encore trop chaud, cette saison, il faut en profiter, ne pensez-vous pas ?

– Certes. Mon père vous rejoint-il ?

– Ses audiences l'accaparent toute la journée. L'avez-vous vu, ce matin ?

– Non, j'avais une visite de surveillance à faire dans une de mes plantations, aujourd'hui. Je suis parti tôt de la ville, et c'est pourquoi vous me trouvez ici. Je suis enchanté de l'occasion... Permettez-moi...

Et l'inconnu offrit son bras à Salmé, qui descendait de sa jument.

Tandis qu'elle ramenait autour d'elle ses voiles dérangés par le mouvement, la sultane échangea un regard avec Tchinza. La princesse comprit que cette arrivée tombait fort mal : si cet homme se mettait en tête de partager leur repas, comment pourraient-elles s'éloigner discrètement ?

Salmé marchait à présent quelques pas devant ses esclaves, toujours accompagnée de l'inconnu.

– Tu le connais ? chuchota Tchinza en shona, à l'adresse de sa mère.

– Oui, il est le fils de la sœur du sultan, le prince Saïd. Un homme puissant, conseiller de l'héritier du trône. C'est avec lui que Salmé joue aux échecs lorsqu'elle rend visite à la sœur du sultan.

– C'est donc que les dames du harem peuvent rencontrer des hommes ?

– Quand ils sont de la famille. Mais la famille est grande... C'est pour cela que, malgré tout, il se noue des histoires d'amour dans l'entourage du sultan.

– Il y a une histoire d'amour entre Salmé et ce prince ?

– Non. Impossible. Je devine que Saïd apprécie Salmé, mais elle est une épouse de son père ; il serait sacrilège pour lui de ressentir de l'inclination. Or le prince Saïd ne ferait rien pour compromettre sa carrière politique.

– Pourtant... elle est si belle ! s'étonna Tchinza. Même derrière son masque, ses yeux sont si lumineux que n'importe quel homme pourrait tomber amoureux.

– Pas un homme aussi sage et prudent que le prince Saïd, crois-moi.

Nehanda eut alors un sourire et passa le bras sous celui de sa fille.

– Mais parlons un peu de toi, Tchinza, murmura-t-elle. Toi aussi, tu es belle... As-tu rencontré des jeunes hommes amoureux ?

– Euh... Non, enfin... non-non, bredouilla la princesse avant de lancer distraitement en levant le nez : Oh ! là-haut ! Il y a un bébé singe, dans le cocotier !

Nehanda caressa la main de sa fille en secouant la tête d'un air entendu, puis reprit doucement :

– Ne change pas de sujet, cette fois. Allons, Tchinza, raconte-moi ce qui t'est arrivé depuis que nous nous sommes quittées. Je veux dire... pas ce que je sais déjà. Ce qui est arrivé dans ton cœur.

Tchinza, abandonnant toute résistance, se serra alors contre sa mère.

– Si tu savais...

Le moment était venu des confidences.

La princesse raconta en chuchotant combien elle avait détesté Damian, comment ils étaient devenus amis sur la colline du lion, puis sa rencontre avec Kounzi dans les monts Matabélé, son courage, comment Moubarikoua avait chargé le guerrier shona de veiller sur elle... Et aussi la fleur blanche que Damian lui avait offerte, l'attaque manquée de Kounzi contre l'entrepôt, le courage de Moutiti, et la dispute entre les garçons, sur le toit de l'ambassade...

Pendant tout ce temps, la reine restait pensive...

– La princesse héritière du royaume des Shona n'est plus une petite fille... murmura-t-elle enfin, pour elle-même plus que pour Tchinza.

Le cortège était immobile, à présent.

Il se trouvait en lisière d'une vaste clairière aménagée autour d'un bassin. Lentement, les dames et leurs esclaves se dispersaient tandis que des palefreniers en courte tunique et pantalon noirs emmenaient les chevaux à l'écart. Salmé et le prince Saïd s'étaient arrêtés et continuaient leur conversation en contemplant la scène.

– Est-ce que tu la vois ? demanda Nehanda à sa fille toujours à son bras.

– Quoi ?

– La fontaine. Je l'entends chanter !

Tchinza chercha du regard et la trouva. Sur un des côtés du bassin, une source d'eau claire coulait doucement. On percevait nettement sa musique cristalline et délicate par-dessus le bavardage des dames du harem. La princesse resta un moment à écouter et dit en penchant la tête contre l'épaule de sa mère :

– Ça me rappelle les berceuses que tu me chantais quand j'étais petite.

– Et que tu chanteras à tes enfants, j'espère.

Tchinza voulut protester qu'elle n'avait que seize ans, mais elle n'en eut pas l'occasion. Salmé et le prince Saïd avaient fait demi-tour et approchaient.

– Nous allons nous installer vers ces cocotiers, lança la sultane aux deux Africaines en montrant la lisière de la clairière, du côté de la mer. Je ne veux pas être trop près des autres, je suis fatiguée d'entendre leurs ragots.

C'était la première fois que la sultane parlait à Tchinza comme une maîtresse parle à une esclave. Cependant, avant que la princesse pût s'en indigner, Salmé se tourna vers son compagnon et lui dit sur le même ton de commandement :

– Ne pourriez-vous, mon neveu, aider votre mère, que je vois là-bas, à descendre de sa mule ?

Salmé désignait au prince Saïd un curieux tableau. De l'autre côté du bassin, on apercevait une dame aux proportions imposantes perchée sur une monture ridiculement petite pour elle. La pauvre mule disparaissait presque totalement sous un impressionnant volume d'étoffes et de rondeurs. On ne voyait de l'animal que ses quatre jambes grêles et sa tête aux longues oreilles accablées.

– Vous avez raison, ma tante, dit le prince Saïd en riant. Je ne sais pas pourquoi ma mère persiste à vouloir circuler à cheval et non en litière. Elle est vraiment devenue trop... enfin, trop bien nourrie pour... Un de ces jours, sa pauvre mule va s'aplatir sur le chemin. (Il se tourna vers Salmé et s'inclina :) Je vous souhaite une bonne journée, ma tante !

Et il s'éloigna toujours en riant vers la grosse dame en difficulté.

– Ouf ! soupira Salmé, nous voilà débarrassées ! J'ai cru que je n'y arriverais pas.

Dans la clairière de Bouboubou, le mouvement était aussi intense que sur le chemin : partout les esclaves s'affairaient, étalaient des tapis colorés, semaient des coussins, dressaient des tables basses en bois et en cuivre, y posaient des coupes remplies de fruits et des aiguières. En un rien de temps, ce coin de nature fut transformé en palais de plein air.

– Tous ces parfums... murmura Nehanda. Je n'ai jamais senti autant de fleurs mélangées.

Elles s'étaient toutes les trois accroupies sur des tapis, devant un plat de céramique plein de galettes au sésame, et profitaient de ce moment de repos forcé. Dans l'attente de l'action, elles restaient à regarder le spectacle autour d'elles, guettant le moment où elles pourraient enfin mettre leur plan à exécution.

Salmé ferma les yeux pour humer l'air à son tour et tenta de distinguer les odeurs entre elles :

– Jasmin, frangipanier, girofle, essence de rose, fleur d'oranger... Les dames du harem entassent les parfums autant que les étoffes ! Chaque matin, elles se placent au-dessus d'un petit brasero où brûlent de l'ambre et du musc de manière à imprégner leurs tuniques et leurs cheveux de ces fumigations. Elles raffolent de ces parfums mêlés.

– Moi aussi, je crois bien, avoua Nehanda, qui semblait étonnée elle-même de ce nouveau goût. Je ne m'en étais jamais rendu compte auparavant. Un parfum composé, c'est aussi agréable qu'une tunique brodée.

Bientôt, l'agitation fut à son comble. Les esclaves distribuaient des paniers gorgés de fruits, de dattes, de pâtisseries ; d'autres allaient puiser dans la fontaine une eau limpide ; d'autres encore s'installaient avec des instruments de musique – violes et tambourins. Une mélopée presque aussi douce que celle de la fontaine monta dans l'air embaumé de Bouboubou.

– Cela a tout de même des avantages, d'être sultane, fit remarquer Tchinza en croquant dans une galette. Un vrai paradis, ici !

Salmé la tira par la tunique et fit un geste du menton.

– Regarde...

Elle montrait le sous-bois, où avaient été attachés les chevaux dessellés en attendant le retour. Au début, Tchinza ne vit rien, puis elle distingua derrière les troncs des girofliers des silhouettes d'hommes, le dos tourné. Tous portaient sur leur tunique de soie rouge une ceinture où était accroché un long sabre courbe.

– Les gardes.

Tchinza sentit un frisson lui parcourir le dos. Interdiction de sortir du paradis.

– S'il y a des gardes, comment allons-nous faire pour nous échapper ? s'inquiéta-t-elle.

– Sur la plage, il n'y a pas de gardes. Les dames du harem ne savent pas nager, aucun danger de ce côté-là...

– Mais, interrompit Nehanda, l'air intrigué. Ces gardes... ils servent à quelque chose ? Est-ce que les femmes cherchent à s'évader ?

– Non, tu as raison : ils ne servent à rien. Aucune dame n'a envie de s'évader. Pour la plupart, elles ne connaissent rien d'autre que le harem ; elles sont nées là. Ou bien elles viennent de contrées plus pauvres que Zanzibar où elles ont connu la faim et la guerre. Les gardes eux-mêmes sont d'ailleurs souvent des esclaves affranchis qui ont choisi de rester. Quant aux esclaves, elles préfèrent être ici que dans les plantations. Ni les uns ni les autres ne songent à rentrer dans leur pays, qui est trop loin, au-delà de la mer...

– Nous, la différence, c'est que nous avons quatre amis qui nous attendent pour nous faire traverser cette mer...

– Oui, vous avez de la chance.

Tchinza chercha le regard de la jeune sultane. Comment d'aussi beaux yeux pouvaient-ils contenir tant de tristesse ? Elle se rappela ce que Salmé lui avait raconté de son enfance, de ses cavalcades dans la forêt... Elle rêva, tout à coup, de courir librement avec elle à travers la savane à la poursuite des antilopes, sans masque ni voiles...

– Viens avec nous ! s'exclama-t-elle tout à coup.

Salmé ouvrit de grands yeux.

– Avec vous ?

– Oui, c'est évident. Écoute... tu es en train de tout faire pour que nous puissions nous évader. Tu nous prouves que c'est possible... Pourquoi resterais-tu ici ? Pourquoi être malheureuse le reste de tes jours ?

– Mais...

– Mais quoi ? Si tu ne l'as pas fait jusqu'ici, c'est parce que tu étais pareille à ces femmes : il n'y avait rien, en dehors du harem. Mais là, maintenant, il y a nos amis. Nos amis seront tes amis.

– Non ! je ne peux pas leur faire courir ce risque !

– Quel risque ?

– Celui d'être pris. Comprends-moi. Faire s'évader deux esclaves, ce n'est pas une faute très grave, du moins pour tes amis. Ils courent le risque d'être expulsés de Zanzibar. Mais s'ils font s'évader une sultane... La favorite du sultan... c'est un motif de guerre.

Tchinza réfléchissait. Un mot dit par la sultane lui trottait dans l'esprit.

– Pourquoi dis-tu : « Du moins pour tes amis » ? Et pour nous ? Qu'est-ce qui arrivera si nous échouons ?

– Vous ? Vous devez savoir une chose : vous n'avez pas le droit d'échouer. Si vous échouez, je vous l'ai dit : vos amis seront expulsés de Zanzibar... Mais vous, vous serez fouettées à mort.

Tchinza avala sa salive.

– Ça mérite réflexion.

Elle fit une pause et se corrigea :

– Ou plutôt non, il ne faut surtout pas réfléchir. Il faut foncer.

– Pour une fois, je suis d'accord, ma fille ! lança joyeusement Nehanda avant d'ajouter : Dis-nous quoi faire, sultane, nous te suivrons.

Salmé jeta un regard circulaire sur la clairière et murmura :

– C'est le moment.

Chapitre

10

Manoel revient

Autour de la fontaine de Bouboubou, l'atmosphère avait changé. Les musiciens jouaient toujours leurs douces mélopées, mais le brouhaha des conversations s'était calmé. Une à une, les dames se lavaient les mains dans les plats d'étain que des servantes faisaient passer. Puis elles s'allongeaient sur les coussins tandis que des petites esclaves agitaient mollement de longs éventails en plumes de paon. Le soleil était à son zénith. L'heure était au repos.

Salmé se leva lentement et se dirigea d'un pas nonchalant vers la plage.

– Suivez-moi... dit-elle à ses deux compagnes. Faites comme si nous allions à l'écart faire un petit pipi entre femmes...

Tchinza se força à imiter l'allure paresseuse de la sultane, retenant difficilement l'envie de courir qui la démangeait. Nehanda faisait de même, mais Tchinza sentait sur son épaule que la main de sa mère était ferme, prête à l'action.

Elles s'éloignèrent ainsi distraitement, chuchotant et riant comme trois amies en veine de confidences. Elles arrivèrent jusqu'à une haie de tamaris entre lesquels elles se glissèrent. Là, tout à coup, Salmé arracha son masque. Puis sous les yeux de Tchinza intriguée, elle s'attaqua à ses voiles.

– Aide-moi ! Déroule...

Après une seconde de perplexité, la princesse comprit ce que demandait son amie et entreprit d'enlever promptement une à une les épaisseurs de tissu dans lesquelles celle-ci s'était emmitouflée.

En un rien de temps, il ne lui resta plus qu'une courte tunique noire passée sur un pantalon. Elle prit un bout d'étoffe et le tordit dans ses cheveux. Enfin, elle se baissa, ramassa une poignée de terre et se frotta les joues.

– Ça alors ! s'exclama Tchinza.

Elle n'en revenait pas. À la place de la magnifique jeune sultane, elle avait devant elle un jeune garçon ressemblant comme deux gouttes d'eau aux palefreniers qui gardaient les chevaux, sous les girofliers.

– Faites pareil.

Et elle sortit du tas de tissus qui gisait à terre ce qui était en fait des pantalons et des tuniques noires.

– Je comprends pourquoi tu avais l'air d'une grosse poupée ! s'esclaffa Tchinza.

– Passez ces vêtements, ordonna Salmé, et roulez vos voiles autour de la taille en ceinture. Ils vous serviront plus tard...

Ainsi sortirent bientôt du buisson trois nouveaux palefreniers, l'un avec une ceinture bleue, l'autre avec une ceinture blanche et le troisième avec une ceinture aurore, qui se hâtèrent vers la plage.

– Faites attention, les avertit Salmé. Marchez comme des hommes, maintenant, pas comme des femmes.

– Ça ne va pas être difficile, répondit Tchinza, n'est-ce pas, maman ? Tu m'as toujours dit que j'avais une démarche de gorille !

– Eh bien aujourd'hui, fais comme tu veux... dit Nehanda en posant sa main sur l'épaule de sa fille. Tu es celle qui dirige, désormais.

– Voilà la plage, maman, fais attention de ne pas trébucher dans le sable.

Nehanda avançait droit, sans hésitation, d'un pas si sûr qu'elle semblait guider sa fille et non le contraire. Tchinza ne put s'empêcher d'admirer encore une fois sa mère, capable de se fier corps et âme à la personne qu'elle avait choisie pour l'aider. Cela aussi était le propre d'une reine : prendre le risque d'avoir confiance.

Elle pila derrière Salmé, qui s'était arrêtée pour observer l'horizon.

La mer était devant elles, à quelques mètres, incandescente.

– Le soleil est haut, n'est-ce pas ? demanda Nehanda en levant le visage vers le ciel.

– Oui, nous sommes à l'heure la plus chaude du jour. J'espère que vos amis ne vont pas trop tarder. Nous sommes comme sur un gril, ici.

– Pourquoi la mer est-elle si claire ? demanda Tchinza. Devant la ville, elle était d'un bleu presque noir. Ici, elle est presque blanche.

– C'est à cause des récifs de corail, répondit Salmé. Regarde-les, tout le long de la côte, on les voit affleurer, cette ligne d'écume... Le sable lui-même est fait de poussière de corail.

En effet, le sable aussi était d'un blanc lumineux. Il semblait irradier la lumière plutôt que la refléter. Et la ligne du récif projetait des étincelles qui crépitaient comme un feu d'artifice. Tchinza eut l'impression qu'une poussière d'astre était tombée autour d'elle.

– Je n'ai jamais vu cela. On dirait qu'on peut marcher sur l'eau... Il n'y a presque pas de différence de couleur entre le sable et la mer.

– C'est presque ça. De la plage au bord du récif, le fond est très haut ; on n'a de l'eau guère plus haut que le genou tant que la mer est bleu pâle, puis là où elle est bleu turquoise, on a de l'eau jusqu'au menton. Ce n'est qu'au-delà du récif que la mer commence vraiment...

– Mais alors comment un bateau à voiles peut-il approcher ? s'inquiéta Nehanda. Les voiliers ont une coque profonde, non ?

– Il y a une passe, là... Parfois, le sultan nous rejoint à Bouboubou, pour le déjeuner. Un grand navire qu'on appelle un boutre vient le transporter jusqu'ici, lui et ses serviteurs. Il pénètre dans le récif par la passe, se met à l'ancre là où la mer est turquoise. On descend du bord un petit prao à voiles, et il nous rejoint ainsi sur la plage.

– Mais comment sauront-ils où est la passe ?

– Ça, je l'ignore...

Il y eut une pause. Aucune des trois amies n'avait envie d'y penser.

– Oh, ils se seront arrangés ! murmura Tchinza d'un ton faussement léger.

Elles disposèrent les plis de leur turban de façon à se protéger du soleil et s'accroupirent sur le sable. L'attente commençait.

Le soleil brûlait et la chaleur montait encore, mais les trois amies n'osaient pas revenir à l'ombre des cocotiers. Elles restaient aux aguets, sous le seul abri de leurs turbans.

– Peut-être qu'ils n'ont pas réussi à lire ton message, s'inquiéta Tchinza.

– Ou qu'ils ne savent pas où est Bouboubou ? reprit Salmé.

– Ou qu'on les a arrêtés lorsqu'ils sont arrivés au port, renchérit Tchinza.

– Taisez-vous ! lança Nehanda en levant une main impérieuse. Ouvrez les yeux plutôt que d'agiter votre langue comme deux oiselles !

– J'ai horreur d'attendre ! bougonna Tchinza.

– Voilà seize ans que tu as horreur d'attendre ma fille. Aujourd'hui, ta nouvelle leçon est la patience. Une vertu essentielle, pour une reine...

« Et gnagnagna... », songea l'héritière du trône de Zimbaboué sans aller cependant jusqu'à exprimer sa pensée à voix haute.

Dans une symphonie de soupirs d'ennui, Tchinza et Salmé reprirent donc leur surveillance. L'une fouillait du regard la plage et la ligne des cocotiers, vers le sud, vers le nord... L'autre guettait chaque navire qui passait au large des récifs de corail.

La courbe du soleil s'infléchit. L'après-midi avançait.

On entendit derrière les arbres des rires et le tintement des verreries. Les dames se réveillaient, semblait-il. Le bruit était gai, mais, pour les trois fugitives, cette douce rumeur avait quelque chose de menaçant. Que feraient-elles si leurs amis ne venaient pas ?

– Là !

Tchinza s'était dressée et tendait le bras.

– Qu'est-ce qu'il y a ? demanda Nehanda.

– Le bateau, là, sur la mer. Il vient vers nous.

Salmé se redressa à son tour et mit sa main en visière. On voyait en effet une voile qui, contrairement aux autres, cinglait droit sur la plage.

– Ce n'est pas un prao, murmura pensivement Salmé, il est trop grand. La voile n'a pas la même forme. Il y a deux voiles, je crois. C'est un boutre... Je me demande...

– Enfin, quoi, c'est un bateau ! s'énerva Tchinza. Approchons-nous du bord.

– Non, attends, c'est trop tôt, répondit Salmé.

– Mais il faut qu'ils nous voient !

– Obéis, dit simplement Nehanda.

Tchinza revint à sa place, malgré les fourmis qu'elle avait dans les jambes. Salmé restait immobile, ses grands yeux plissés par l'effort.

– Ce n'est pas eux... dit-elle enfin avec une rage douloureuse. Regarde, cette poupe relevée, la peinture écaillée, sur la coque, les voiles rapiécées... C'est le bateau du malheur... Le boutre de Manoel.

– Quoi ?

– Tu es sûre ?

– Je le vois souvent depuis le balcon du palais, confirma Salmé. Arriver d'Afrique et repartir. Il arrive lourdement chargé et repart léger comme l'oiseau. Tout Zanzibar connaît ce vieux boutre.

– Manoel... ! s'exclama Tchinza, la gorge serrée. Mais qu'est-ce qu'il fait là ?

La princesse et la sultane s'entre-regardèrent. Elles étaient atterrées.

– Ça ne change pas nos plans, lança Nehanda avec fermeté. Ce bateau n'empêchera pas tes amis d'être au rendez-vous. Cachons-nous derrière la ligne des cocotiers, en attendant. Nous verrons bien ce que Manoel vient faire ici.

– C'est vrai... approuva Tchinza, son courage retrouvé. Il s'agit d'un hasard, voilà tout. Personne ne peut nous reconnaître, de toute façon ; nous sommes trois palefreniers. Cachons-nous et observons.

– Non, tout ça ne sert à rien...

Les beaux yeux de Salmé étaient pleins de larmes.

– Nous ne pourrons jamais réussir, continua-t-elle. Tu vois bien. Je suis désolée pour vous. Retournons à la fontaine, tant pis...

– Enfin, Salmé, s'énerva Tchinza, on ne va pas abandonner comme ça ! Réagis ! Tu ne vas pas te laisser abattre pour si peu !

– Si peu ? Le boutre de Manoel n'a rien à faire ici. Il se passe quelque chose d'anormal. Il faut s'en aller au plus vite.

Et Salmé s'éloigna d'un pas lourd vers la haie de tamaris où elle avait laissé ses voiles et son masque.

Soudain, une voix masculine résonna depuis la lisière des cocotiers :

– Cette jeune esclave a raison, ma tante. Vous ne devez pas vous laisser abattre pour si peu.

Les trois amies sentirent en même temps leur sang se glacer. Le prince Saïd était là, devant elles, aussi aimable et élégant qu'à leur première rencontre.

– Je me promenais sur... commença Salmé avant de s'interrompre brusquement, frappée par l'invraisemblance de son excuse.

Difficile d'ignorer qu'elle était déguisée en garçon et le visage nu. Instinctivement, elle cacha ses joues dans ses deux mains en rougissant.

– Vous promener ? Par une heure aussi chaude et dans ce costume ?

Le prince avait parlé sans colère, plutôt comme s'il trouvait la situation distrayante.

– Mon neveu, ma vie est entre vos mains ! s'exclama Salmé, renonçant à mentir. Je ne voulais pas m'évader, je vous le jure. Je voulais juste aider ces deux esclaves à regagner l'Afrique... à rentrer chez elles. Quant à moi, je n'y songeais pas...

Salmé avait parlé précipitamment, les yeux agrandis de frayeur. Mais le prince leva une main en un geste de paix.

– Ma tante, je vous le dis : il faut que vous y songiez... À partir, précisa-t-il avec un sourire complice. Vous ne pouvez rester à Zanzibar, dans le malheur où je vous vois. Le temps est venu, aujourd'hui...

– Mais... je ne... bredouilla la sultane, ébahie.

– Le temps est venu, vous dites ? répéta Tchinza avec agacement sans se préoccuper de l'étrangeté du dialogue. Sauf que nous sommes coincées entre le bateau d'un marchand d'esclaves et les gardes du harem ! Vous en avez de belles, prince Saïd !

Pour le coup, l'Arabe se tourna vers l'esclave insolente, les sourcils soulevés par la stupéfaction.

– Tchinza ! s'indigna Salmé, qui s'adressa ensuite à son neveu : Je vous en prie, excusez-la, elle arrive juste... Elle ne sait pas...

Un éclat de rire lui coupa la parole.

– Je comprends pourquoi vous voulez la renvoyer en Afrique, ma tante, elle ne fera certainement pas une bonne esclave !

– Bien sûr que nous ne ferons pas de bonnes esclaves. Nous sommes de sang noble, comme vous ! répliqua Tchinza, jouant le tout pour le tout.

– Je le sais. Tu es Tchinza, princesse shona. Et voilà Nehanda, la plus grande souveraine de la région qui s'étend du fleuve Zambèze au fleuve Limpopo.

Ce fut au tour des trois amies d'être ébahies.

Nehanda fut la première à se remettre de son étonnement.

– Comment sais-tu cela, prince Saïd ?

L'interpellé ne répondit pas tout de suite à la question ; il préférait continuer à s'amuser de la surprise de sa tante.

– Je sais d'autres choses encore. Vous attendez ici un Anglais, le docteur Kerry, qui doit venir vous rejoindre en bateau et mettre le cap sur Bagamoyo sitôt que vous serez montées à bord.

– Tu connais David ? demanda Tchinza, les yeux aussi ronds que ceux de Moutiti.

– Fort peu, malheureusement, continua le prince sans quitter son sourire amusé. Je suis sûr que lui et moi pourrions être bons amis, mais son séjour à Zanzibar se termine bientôt, je le crains.

– Mon neveu, je vous en prie, cessez là votre plaisanterie.

Salmé avait parlé avec colère, les bras croisés et les yeux sévères. Aussitôt, Saïd s'inclina devant elle, retrouvant instantanément son attitude respectueuse.

– Je vous demande pardon, ma tante. En effet, il est temps de parler sérieusement.

Il se redressa et, enfin, se résolut à donner la clé de son énigmatique comportement :

– Je vous ai menti, tout à l'heure. Ce n'est pas par hasard que j'étais sur le chemin. Je me trouvais là à la demande du docteur Kerry.

– Le mouzoungou qui est l'ami de Tchinza ? Mais où donc l'avez-vous rencontré ?

– J'ai joué aux échecs avec lui pas plus tard qu'hier soir. Plutôt bon joueur. Mais vous l'auriez battu sans problème. Puisque vous allez le retrouver bientôt, je vous conseille de vous mesurer à lui, pour le plaisir. Son jeu est sans surprise, mais sa conversation charmante...

– Venons-en aux faits ! gronda Salmé.

– Oui, oui, s'excusa le prince. Nous nous sommes rencontrés chez ma mère, où le colonel Mortimer vient me rendre visite de temps à autre. Nous avons fait une ou deux parties, et, très vite, le docteur Kerry m'a fait part de son problème. Il m'a parlé de la reine, de la princesse... Je lui ai parlé de vous. Nous avons envisagé diverses solutions... Je dois dire qu'il n'a pas été difficile à convaincre. Vous savez comme je hais ces marchands d'esclaves et cet immonde commerce.

– En effet, nous en avons déjà parlé... se rappela Salmé en se tournant vers Nehanda : Tu te souviens ? Je t'ai dit qu'à Zanzibar je connaissais des gens qui voudraient que cesse le commerce des esclaves. En voilà un.

– Lorsque je serai au gouvernement, confirma Saïd, les hommes comme Tippo et Manoel n'existeront plus.

– Tippo n'existe déjà plus, fit remarquer Tchinza. Mais Manoel prospère ! ajouta-t-elle en montrant du doigt le bateau qui approchait toujours de la côte.

– Peut-être plus pour longtemps, murmura le prince avec son fin sourire.

– Oui, bon, s'impatienta Tchinza, en attendant, parlons d'un problème plus immédiat. Puisque tu es si bien renseigné, puissant prince, est-ce que tu sais quand arrivera le docteur Kerry ?

– Il est déjà là ! répondit Saïd du tac au tac.

Machinalement, Tchinza tourna la tête à gauche et à droite, comme si David pouvait surgir de derrière un cocotier. Bien sûr, il n'y avait rien ; la plage était vide sous le soleil. Elle dirigea les yeux vers la mer, on n'y voyait rien non plus que le boutre de Manoel, qui franchissait déjà la passe, voile baissée.

– Vous vous moquez encore de nous, mon neveu, dit Salmé d'un ton de reproche. Ce n'est guère élégant !

– Je ne crois pas, Salmé, intervint Nehanda. Le prince ne se moque pas de nous.

La sultane et la princesse regardèrent Nehanda. Elle aussi souriait, à présent.

– Vous n'avez donc pas compris ? Voilà tes amis, ma fille, ils arrivent.

Et sa main se tendit en direction de la mer, là où l'on entendait la chaîne de l'ancre du boutre frotter sur le davier.

– Tu veux dire que... ?

– Oui, expliqua enfin le prince Saïd. Vos amis arrivent sur le boutre de Manoel.

Il fit une pause pour observer l'effet de ses paroles. Mais au point où elles en étaient, Tchinza et Salmé ne pouvaient plus s'étonner de rien.

– Ben voyons... ironisa la princesse. Et c'est Manoel qui va nous remmener à Zimbaboué ? Comme c'est gentil à lui !

– Presque...

Saïd prit un air de conspirateur et poursuivit :

– Nous avons fignolé ensemble ce stratagème, le docteur Kerry et moi, ces derniers jours. Il lui était impossible de louer un bateau pour venir ici enlever la sultane et deux esclaves. Aucun capitaine n'aurait accepté le marché. Et Mortimer refusait que les noms de deux Anglais soient mêlés à l'affaire. Alors nous avons imaginé de jouer un bon tour aux marchands d'esclaves.

– Jouer un bon tour ! Quelle curieuse façon de parler, prince, fit remarquer Nehanda avec quelque gravité.

– Plutôt un sale tour, corrigea Saïd. Ce matin, avant de venir galoper jusqu'ici, je suis allé trouver Manoel. Je lui ai promis une forte somme s'il venait mouiller à Bouboubou avec son équipage et le docteur Kerry. Bien sûr, je ne lui ai pas dit pourquoi. Mon nom et mon argent ont suffi à le convaincre.

Le prince fit un grand geste de révérence avant de conclure :

– Si vous voulez bien vous donner la peine... Votre navire en partance pour l'Afrique vous attend.

– Mon neveu...

Salmé s'interrompit et dévisagea le prince avant de continuer :

– Vous avez bien dit « enlever la sultane » ?

– Oui. Vous en conviendrez : aucun capitaine de navire n'aurait accepté de prendre un tel risque.

– J'en conviens... Sauf que je n'ai jamais écrit sur le mot que nous avons envoyé au docteur Kerry que je voulais partir. Il n'y était question que de Tchinza et de Nehanda.

– Je le sais, ma tante. C'est moi qui ai lu ce mot au docteur Kerry, qui ne pouvait pas en déchiffrer les caractères, écrits en arabe.

– Alors pourquoi dites-vous : « Enlever la sultane » ?

Le prince s'approcha de Salmé et lui prit la main d'un geste délicat, avant de répondre d'une voix qui cachait mal son émotion :

– J'ai lu entre les lignes, ma tante. Depuis si longtemps que nous jouons ensemble aux échecs, j'ai appris à déchiffrer le mystère de vos beaux yeux. Et je n'en peux plus d'y lire tant de tristesse. Je vous ordonne donc de partir avec vos deux nobles amies.

– Mais que vais-je devenir ?

Ce fut Nehanda qui répondit :

– Ne t'interroge pas, sultane. Pour une fois, fais comme Tchinza : fonce !

– Et vous, mon neveu, demanda encore Salmé, quel risque prenez-vous ? Si l'on vous voit m'aider à fuir...

– Je me suis arrangé, ne craignez rien. Je suis un homme prudent.

– Et Manoel ? demanda à son tour Tchinza, qu'est-ce qu'on va faire de lui, une fois qu'on sera à bord ? Il n'est pas du genre à se laisser faire... Quand il verra qu'il a été grugé...

– Même réponse : je me suis arrangé, répéta Saïd.

Puis il ajouta, d'un ton soudain plus autoritaire :

– Allons-y. Ils ont mis un prao à l'eau pour venir vous embarquer. Vite, dépêchons-nous.

En quelques enjambées, le petit groupe franchit la distance qui les séparait de la mer et resta les pieds dans le ressac, tandis que le prao descendu du boutre filait vers eux, sa voile à corne bordée au plus près.

– Je crois que nous ne sommes plus seules, dit alors Nehanda.

Tchinza se retourna. Une fois encore, sa mère avait perçu des bruits que personne d'autre n'avait entendus. À la lisière des cocotiers, se tenaient une dizaine de gardes et d'eunuques, les regards braqués sur le boutre mouillé devant la passe.

– Bien sûr, commenta Salmé. Ils connaissent ce bateau, eux aussi. Ils sont intrigués. Ils se demandent ce que Manoel vient faire ici.

– Ce n'est pas grave, laissa tomber Saïd sans même regarder les arrivants. Cela fait partie du plan.

– Puisque vous le dites... répliqua la princesse avec une moue fataliste.

– Un plan bien dangereux, mon neveu, objecta Salmé avec une expression d'angoisse. Tous ces hommes me connaissent...

Alors Tchinza remarqua que, sans s'en rendre compte, la sultane avait passé ses mains pleines d'eau salée sur son visage, ce qui avait eu pour effet d'imprimer sur ses joues salies de poussière de grandes traînées noires.

– Ne t'inquiète pas, la rassura-t-elle en riant, avec cette tête-là, on ne peut vraiment pas te reconnaître. On dirait un bébé éléphant au sortir d'un bain de boue !

Salmé fronça les sourcils.

– Un éléphant ! Moi ? Tu es...

Elle laissa la phrase en suspens un instant, puis éclata de rire.

– Quelle idiote je suis ! J'allais te traiter de sale peste. C'est tellement bête. Je me suis souvent dit que je ne me serais pas retrouvée prisonnière dans ce harem si j'avais été laide. Et là, tout à coup, on me dit que je ressemble à un éléphanteau, et je suis vexée !

– Je suis d'accord avec vous, ma tante, intervint Saïd. Cette noble princesse est vraiment une sale peste. Il ne faut surtout pas la croire. Même avec de la boue sur les joues, vous êtes toujours la même : la sultane Salmé, la plus belle créature du monde. On ne peut s'y tromper !

Le prince voyait juste : on ne pouvait s'y tromper, et Salmé était toujours bien reconnaissable, malheureusement.

Pour preuve, un cri aigu jaillit soudain derrière eux :

– La sultane s'évade !

Se retournant, ils virent une créature bien moins jolie et beaucoup plus désagréable, la petite Touéni, qui trépignait sur le sable en montrant les fugitives.

– Par Mouari, ça, c'est une vraie de vraie sale peste ! grommela Tchinza.

La fillette continuait à pousser ses cris perçants, sautant sur place, de plus en plus excitée :

– La sultane s'est déguisée pour fuir ! Regardez ! Elle a même enlevé son masque ! Le fouet ! Le fouet !

– Ça aussi, ça fait partie du plan, prince Saïd ? demanda Tchinza, faussement flegmatique.

– Pas tout à fait ; mais nous allons faire en sorte que oui... répondit le prince, à présent sérieux, avant d'ajouter d'un ton pressant : Faites-moi confiance, avancez dans l'eau, marchez vers le prao. Et surtout, ne vous occupez pas du reste, quoi que vous entendiez sur la plage !

– Vite, ma fille, allons-y, dit fermement Nehanda, marchons !

Elles se lancèrent ensemble dans l'eau claire en s'efforçant d'oublier ce qui pouvait se passer derrière elles. Seule Salmé se retourna une dernière fois pour regarder Saïd. Elle eut à peine le temps d'entrevoir le geste de la main qu'il lui fit en guise d'adieu que déjà Tchinza la poussait violemment devant elle pour l'obliger à avancer.

– Ne regarde pas, sultane ! Ta nouvelle vie commence !

Elles progressaient, de l'eau jusqu'à mi-cuisse, en essayant d'obéir à l'ordre de Saïd : ne rien écouter, ne penser qu'au prao qui fonçait sur elles, son équipage caché à leurs yeux par la voile gonflée sur toute la longueur de la coque.

Puis l'embarcation vira de bord pour se placer parallèlement à la plage, et un homme apparut. En pantalon large et chemise sale, debout au pied du mât... Manoel !

À ce moment précis, un autre cri retentit sur la plage, celui-là lancé par la voix de Saïd :

– À la garde ! à la garde ! On enlève la sultane Salmé !

– Oh, non ! gémit Salmé.

– Ne t'inquiète pas, il sait ce qu'il fait, dit Tchinza, pour s'en persuader elle-même autant que la sultane.

– Avancez, avancez, n'écoutez pas ! renchérit Nehanda en serrant sa main plus fermement sur l'épaule de sa fille.

Mais il était tout aussi effrayant d'avancer vers cette pirogue où les attendait un assassin... Tchinza s'efforça de ne pas penser à Manoel, prit une longue inspiration et accéléra malgré l'essoufflement qui la gagnait.

Le marchand d'esclaves, cependant, ne paraissait guère plus rassuré. Manifestement, il ne s'attendait pas à la scène qu'il avait sous les yeux : trois femmes déguisées en garçons courant dans l'eau devant le prince Saïd, qui appelait à la garde. Et, derrière, sur la plage, un désordre indescriptible.

Quelle que fût son intention de ne pas regarder derrière elle, Tchinza ne pouvait éviter d'entendre le tumulte que l'appel de Saïd avait provoqué. Les dames du harem, attirées sur le sable par le vacarme, faisaient un bruit de basse-cour en folie. Les gardes surgissaient en se montrant les uns aux autres les fugitives :

– Là-bas, dans l'eau !

– Mais non, ce sont des palefreniers !

– Mais si, c'est la sultane, on voit ses cheveux sous le turban !

– Vite !

Bientôt, aux exclamations succédèrent des éclaboussements et des ahanements : les gardes étaient à leur tour entrés dans l'eau et se lançaient à la poursuite de la sultane.

Devant, en revanche, le spectacle s'était fait réconfortant. À côté de Manoel apparaissaient maintenant David et Damian, à l'arrière du prao, puis Jaïram au gouvernail. Enfin ce fut au tour de Kounzi et de Moutiti, qui faisaient de grands gestes pour encourager les trois amies à se presser.

Mais tout à coup, on entendit Salmé crier :

– Non ! Va-t'en ! Laisse-moi !

Tchinza jeta un coup d'œil par-dessus son épaule et s'arrêta net. Tout contre la sultane se tenait Touéni. Toujours coiffée de son ridicule turban à oreilles, les traits déformés par la hargne, elle s'agrippait des deux mains aux poignets de la sultane.

– Mais regarde ça, grommela Tchinza. Quelle punaise, celle-là ! Elle a réussi à nager jusque-là rien que pour faire du mal à Salmé !

– Je te tiens, sultane, piaillait la fillette. Je vois bien qu'on ne t'enlève pas. C'est toi qui t'enfuis, et avec des mouzoungous, en plus.

Tétanisée, Salmé était incapable de reculer ni d'avancer. Et Tchinza n'osait appeler Saïd, qui s'était reculé jusqu'aux cocotiers : elle risquait de révéler son double jeu aux gardes.

Salmé se mit à tirer de toutes ses forces sur les bras maigrelets de Touéni pour la faire lâcher, mais celle-ci restait accrochée comme une tique, son petit visage pointu crispé dans une grimace qui dévoilait des dents de ouistiti. Et les gardes approchaient... Et Saïd, trop loin pour voir la scène, continuait à crier à l'enlèvement en montrant le bateau.

– Tant pis, lança finalement Salmé à Tchinza. Montez vite, et partez sans moi...

Elle montra le prao qui n'était plus qu'à quelques brassées. Déjà Kounzi tendait les bras pour aider les fugitives à grimper à bord.

– Montez vite ! répéta la sultane, des larmes dans la voix. Laissez-moi ! Je m'arrangerai, tant pis.

– Certainement pas, répliqua Tchinza entre ses dents. Maman, ne bouge pas, je reviens.

Et, laissant là Nehanda toujours imperturbable, elle marcha vers la créature grimaçante comme un guerrier marche au combat.

L'ennemie ne bougeait pas. Elle ne semblait même pas impressionnée par l'expression de fureur de cette grande fille qui fonçait sur elle les bras écartés ; au contraire, elle crachait son venin à l'adresse du premier des gardes qui arrivaient à sa suite, un Africain volumineux qui avait déjà la main sur son sabre :

– La sultane s'enfuit ! La sultane trahit ! Tuez ! tuez !

Tchinza fondit sur elle. D'une main, elle lui enfonça les ongles dans la nuque, et de l'autre, elle lui arracha d'un seul geste le turban à oreilles – avec quelques cheveux au passage, non sans plaisir. Instinctivement, la fillette lâcha Salmé pour tenter de retenir sa coiffure qui s'envolait. En un vaste geste circulaire, Tchinza envoya promener le précieux ornement le plus loin possible. Il entra dans l'eau avec un petit plouf tandis que Touéni nageait furieusement dans la direction où dépassaient encore les oreilles et leurs clochettes, tout en proférant ce qui devait être des insultes à l'adresse de l'esclave africaine – que celle-ci ne pouvait comprendre.

– Rafraîchis-toi la tête, cancrelat, ça te fera du bien !

Et Tchinza reprit sa progression vers le canot en traînant derrière elle la sultane plus morte que vive. Nehanda, toujours immobile, arborait une expression de contentement qui se passait de paroles.

Tout alla ensuite très vite.

Les occupants du prao, en effet, n'étaient pas restés inactifs. En un instant, l'embarcation se trouva à portée de main des fugitives. Kounzi, toujours penché par-dessus le franc-bord, attrapa la reine des Shona et la souleva jusqu'à lui. De son côté, Tchinza poussa la sultane devant elle, la jetant dans les bras de David, qui se trouvait là.

– Dépêche-toi, Tchinza ! hurla Damian. Le garde approche ! Grimpe !

– Tu crois que je fais la sieste ? grogna l'interpellée en saisissant la lisse de bois des deux mains.

Le jeune Anglais lui passa les bras sous les siens pour la hisser tandis que Kounzi empoignait la lance posée à ses pieds.

Mais ni l'un ni l'autre ne purent empêcher le garde d'atteindre Tchinza. Tout en sortant son sabre du fourreau, il tira violemment sur la tunique de la jeune Africaine.

Une seconde, on crut qu'elle allait tomber à la renverse. Damian resserra son étreinte, et la princesse réussit à rester dans ses bras. Le garde recula juste à temps pour éviter un coup de la lance de Kounzi...

Mais il n'avait pas lâché prise et brandissait déjà son sabre. Kounzi se redressa de tout son haut et leva sa lance... Au même instant, Tchinza envoyait d'un coup sec son pied nu dans le menton de l'attaquant. Le garde bascula, la tunique se déchira, et Tchinza se retrouva cul par-dessus tête, affalée sur Damian, qui s'écroulait au fond du canot.

Le moment était venu de déclencher la dernière opération du plan préparé par Saïd et David – la plus surprenante, à n'en pas douter, du moins pour les trois fugitives.

Pendant tout le temps du sauvetage, Manoel était resté debout près du mât, là où l'avaient vu Tchinza et Salmé. Sa physionomie n'avait plus rien de cette morgue perverse qui lui était habituelle. Au contraire, il semblait atterré par le déroulement des événements – on ne les lui avait pas annoncés, manifestement. Plus l'action se précipitait, plus il essayait de se faire oublier, comprenant au fur et à mesure qu'il avait été manipulé plutôt que manipulateur, cette fois.

Peine perdue. Personne ne l'oubliait.

Quand tout le monde fut à bord, Kounzi se redressa, se tourna vers lui et le considéra avec un contentement évident. Après une pause, il lâcha calmement :

– À nous deux.

Il laissa tomber sa lance à ses pieds, et, en deux pas, se trouva auprès du marchand d'hommes. À côté du guerrier shona immense et torse nu, Manoel parut bizarrement malingre et grisâtre.

Il devina ce qui allait lui arriver et cria :

– Si tu fais ça, tu le paieras, sale Nègre !

– C'est toi qui vas payer, minable !

Kounzi saisit le trafiquant à bras-le-corps, le souleva au-dessus de lui et le lança à l'eau avec autant de facilité que Tchinza l'avait fait l'instant précédent avec le turban de Touéni.

Au même moment, on entendit Saïd reprendre ses appels depuis la plage – mais cette fois, il les avait enrichis :

– Gardes ! Là ! Le marchand d'esclaves ! Manoel ! C'est lui qui enlève la sultane ! Gardes, gardes ! Emparez-vous de lui !

Le prince n'eut pas bien longtemps à attendre pour que son ordre fût exécuté. Le garde que Tchinza avait envoyé boire la tasse se redressait tout juste, crachant et toussant, quand il vit tomber près de lui le coupable que le prince Saïd désignait de ses cris. L'occasion était trop belle ! À peine Manoel eut-il sorti la tête de l'eau qu'il se retrouva plaqué contre un ventre énorme revêtu de soie rouge, le fil du sabre posé sur la gorge.

– Non, non ! hurla-t-il, je n'ai rien fait ! Je n'ai rien fait !

Mais le garde s'en moquait : il avait sa prise et commençait à revenir vers la plage en la traînant avec lui.

– Ça m'est bien égal, ce que tu as fait ou pas fait aujourd'hui, maugréait-il. On me donnera une belle récompense, et toi, tu vas payer pour ce que tu m'as fait à moi.

– À toi ? gargouilla une voix étranglée.

– Tu ne te souviens pas, bien sûr... J'avais dix ans à l'époque ; un petit Nègre parmi les autres... j'ai encore la marque autour du cou.

Manoel risqua un œil vers le géant noir et vit sur sa clavicule la cicatrice caractéristique que laisse le collier de fer des esclaves.

– J'ai l'honneur de te l'apprendre : j'ai été affranchi par le sultan et je commande maintenant à toute sa garde.

Ainsi le marchand d'esclaves découvrit-il qu'il était le prisonnier d'un enfant qu'il avait enlevé à son village d'Afrique en d'autres temps, maintenant devenu un homme armé qui avait tout pouvoir sur lui.

Derrière eux, le prao reprenait sa route vers le boutre à l'ancre. Jaïram, au gouvernail, ne songeait pas à protester contre l'injustice faite à son associé. Il semblait surtout soulagé de s'en tirer si bien...

– En voilà une tenue pour une princesse !

Accroupi sur le banc du prao, Moutiti s'amusait à regarder Tchinza et Damian en train de se relever tant bien que mal, bras et jambes emmêlés par leur chute.

– Aïe ! grinça Damian, tu me mets le genou dans les côtes. Pousse-toi de là.

– Je pourrais, si tu enlevais ton pied de ma cuisse. Quelle glue !

– Vous voulez que je défasse un nœud ? interrogea Moutiti faussement inquiet.

– Dégage, moustique ! Ou je fais des nœuds avec ta langue, dit Tchinza en repoussant un coude de Damian.

– Je veux bien dégager, mais je ne peux pas. J'ai l'impression de déranger, quand je vais là-bas.

Il fit un geste avec le doigt en direction de l'arrière du prao.

Tchinza se redressa pour regarder ce que montrait Moutiti.

Au pied du gouvernail, il y avait David et Salmé. Eux aussi avaient basculé dans le fond du canot. La sultane tentait de se relever de sa position malcommode, mais avec beaucoup plus de grâce et de lenteur que Tchinza.

– On ne peut pas dire que le mouzoungou a l'air pressé de démêler les nœuds, lui... fit remarquer Moutiti.

Difficile de nier. David regardait la jeune femme sauvée des eaux, qui lui était tombée dans les bras, muet d'étonnement, sans faire un geste pour se dégager. Salmé, une fois à genoux devant lui, cacha sa surprise en relevant à la hâte ses cheveux que le turban, renversé par la chute, avait libérés.

– Excusez-moi, murmura-t-elle en rougissant, je suis toute sale.

Et elle passa les mains sur son visage pour tenter d'en ôter les traînées noires.

– Non, non ! protesta David encore plus rouge qu'elle. Euh... Vraiment, ça... ça vous va très bien !

Un éclat de rire collectif accueillit ces paroles. L'explorateur et la sultane tournèrent la tête ensemble pour constater que leur trouble avait eu des spectateurs.

Moutiti se tordait de rire en se frottant les joues.

« Excusez-moi... je suis toute sale ! » répétait-il en imitant les jolies intonations de Salmé.

– Je suis désolé... Ce sont des sales gosses, s'énerva David en se relevant.

– Je sais, pouffa Salmé. Je connais Tchinza depuis quelques jours.

– Quoi ? s'indigna l'intéressée. Et alors ? Tu te plains ?

– Au lieu de jouer les idiots, reprit David en montrant la côte, vous feriez mieux de vous préparer à accoster le boutre. Inutile de nous attarder dans les parages...

Aussitôt, tous se précipitèrent sur les aussières, tandis que Jaïram rangeait le prao le long du boutre.

Seul Moutiti restait accroupi sur son banc en observant tour à tour la princesse, le guerrier, la sultane et les deux Anglais.

– Je sens qu'on va avoir du spectacle, je sens qu'on va avoir du spectacle, jubilait-il en se balançant d'un pied sur l'autre.

– Dites donc, jeune homme, gronda une voix, c'est comme ça qu'on m'accueille ?

Moutiti s'arrêta net, tourna la tête vers l'avant du prao et vit enfin Nehanda, restée immobile et silencieuse à l'endroit où Kounzi l'avait déposée. Il sauta d'un bond de son perchoir et se prosterna à ses pieds.

– Majesté !

– C'est bon d'entendre de nouveau ta voix... reprit Nehanda en posant la main sur les cheveux ras de son petit serviteur.

« Ta voix... » Alerté par les mots inhabituels, Moutiti releva la tête, considéra longuement le visage calme et souriant, les yeux fixés obstinément dans le vide et comprit.

Son expression changea alors. Tout d'un coup, il eut l'air adulte.

– Aujourd'hui est un grand jour, dit-il avec une gravité qu'on ne lui avait jamais entendue. Le royaume des Shona a retrouvé sa reine !

– Et la reine a trouvé un nouveau guerrier... Merci Moutiti.

Chapitre 11

Clair de lune

Le boutre de Manoel voguait le long de la côte de Zanzibar. La mer était d'un bleu outremer. Sur la ligne des récifs de corail, les vagues se brisaient en mille éclats de lumière.

Il y avait déjà plusieurs heures que Tchinza et ses amis naviguaient. Depuis longtemps, ils avaient laissé derrière eux la plage, les gardes et toutes les dames du harem.

La dernière image qu'ils retiendraient de Bouboubou, cependant, était celle du prince Saïd dans sa tunique immaculée, debout dans le ressac, qui regardait s'éloigner indéfiniment ce navire en partance pour le lointain. Avant cela, les passagers du boutre avaient vu le garde africain au gros ventre traîner vers le sous-bois un Manoel aux allures de chat mouillé. Puis les dames du harem s'étaient retirées, elles aussi, une à une... suivies d'une espèce de sauterelle, qui devait être Touéni, courant de part et d'autre du cortège sans doute pour expliquer que « la sultane n'avait pas été enlevée, mais s'était enfuie... » Après un moment, il n'était plus resté sur la plage que la silhouette blanche du prince. Elle était restée là aussi longtemps que les passagers du boutre avaient pu voir les cocotiers de Bouboubou. Immobile, énigmatique...

– Je ne l'oublierai jamais, murmura Salmé quand, enfin, la vision eut disparu à leurs yeux.

– Vous le regrettez donc ? demanda David, qui se tenait à côté d'elle, appuyé au bastingage.

– Non. Mais je regrette de ne pas avoir compris qu'il était mon ami. Qu'il était prêt à m'aider.

– Plus que cela, sultane. Le prince Saïd m'a beaucoup parlé de vous, ces jours-ci. Il s'apprêtait à vous faire évader alors même qu'il trouvait du bonheur à vous avoir auprès de lui.

– Vous voulez dire que... ?

Elle n'osa compléter sa phrase. David le fit pour elle :

– Qu'il éprouvait de l'amour pour vous, certainement. Mais il ne me l'a pas dit. Exprimer ce sentiment, même auprès d'un étranger, l'aurait mis en danger. Or son ambition est immense, vous le savez... Il veut entreprendre de grandes réformes à Zanzibar.

– Il avait donc un intérêt à m'éloigner...

– Un intérêt et une grande peine, les deux à la fois, je pense.

Ils restèrent un moment silencieux à contempler la ligne phosphorescente du récif de corail, puis David demanda d'une voix hésitante :

– Sultane, maintenant que vous savez... Regrettez-vous ?

– Oh, non ! Je suis soulagée. Ce que vous me dites signifie que lui et moi nous n'aurions jamais pu être amis ; j'aurais même dû cesser de jouer aux échecs avec lui... mon seul plaisir, sur cette île !

Elle fit une pause, puis ajouta, un pli soucieux entre les yeux :

– Seulement... Que vais-je devenir ? Je suis partie sans rien. Je n'ai même pas de quoi payer un logement à mon arrivée en Afrique... Je n'ai pour tout bien que ce déguisement et mes vêtements que j'ai noués en ceinture.

– Mais si, sultane, vous avez encore du bien...

David mit la main dans la poche de son pantalon et en sortit la bourse que lui avait lancée Tchinza. Il dénoua le lacet ; au fond du petit sac de cuir fin, luisaient les diamants du bracelet que Salmé y avait placés pour lester le projectile.

– Oh ! je l'avais oublié ! s'écria-t-elle avant de passer le bijou à son poignet tout en pouffant : Dire que je le détestais, ce bracelet, il était pour moi l'image de ma cage dorée. Aujourd'hui, je suis bien heureuse de le retrouver !

– Vous en tirerez beaucoup d'argent, en le vendant. Avec lui, vous avez de quoi commencer une nouvelle vie...

– Oui, mais laquelle ?

– Inutile de décider maintenant, sultane.

David s'interrompit, glissa un regard hésitant vers Salmé et répéta :

– Ne décidez pas, sultane, pas tout de suite. Attendez que...

– Que quoi ? demanda Salmé tout en cachant de ses mains ses joues qui rosissaient.

– Que rien !

David détourna la tête, gêné, et fit un geste vers le pont du bateau.

– Que diriez-vous d'une partie d'échecs ? Le prince Saïd m'a confié son échiquier, à vous offrir de sa part en guise de cadeau d'adieu. Vous sentez-vous d'attaque pour étrenner ce deuxième trésor en votre possession ?

– À condition que vous me laissiez me laver et me changer... J'en ai assez de ressembler à un bébé éléphant.

– Un éléphant ? Vous ? fit David, perplexe.

– Demandez à cette sale gosse, là, répondit Salmé en montrant Tchinza écroulée dans un coin du bateau, déjà terrassée par le mal de mer.

La côte de Zanzibar n'était plus qu'une ligne de nacre et d'ocre sur l'horizon. La brise était fraîche, les voiles se gonflaient, la coque filait sur la vague... On aurait dit que le navire de Manoel prenait plaisir à chevaucher ainsi la mer, mené par des êtres humains dont aucun n'était un esclave.

– Allah est avec nous ! dit Salmé, radieuse. Le vent nous pousse comme s'il voulait nous aider à fuir !

– Et Mouari doit unir ses forces aux siennes. Je sens l'odeur de la liberté. Sultane, la sens-tu ?

Nehanda avait prononcé ces mots en levant le nez pour mieux humer l'air marin. Salmé se leva du coussin où elle était installée, face à l'échiquier d'ébène et d'ivoire du prince Saïd, et vint à son amie. Elle lui prit la main et y déposa un baiser.

– Oui, je la sens. Tchinza avait raison !

– Pourquoi ? demanda Moutiti, d'une voix endormie.

Allongé sur les genoux de sa souveraine, il n'avait pas quitté sa position depuis qu'ils étaient montés à bord, pour soulager son mal de mer autant que pour témoigner son affection.

– Que je ne devais pas désespérer, rappela Salmé, que je ne devais pas passer le reste de ma vie enfermée dans le harem du sultan de Zanzibar.

Elle avait raison. Je n'ai jamais aussi bien respiré de ma vie !

– Et moi donc ! lui cria Tchinza.

La princesse était perchée dans les haubans qui retenaient le mât et restait ainsi, la main agrippée à une corde, sa tunique bleue flottant au vent.

– Elle me fatigue, marmonna Moutiti, les yeux mi-clos. Depuis qu'elle n'a plus le mal de mer, elle n'arrête pas.

En effet, la jeune Africaine ne cessait de courir dans tous les sens, grimpant le long des mâts, descendant au fond de la cale, découvrant sans relâche son nouvel univers. Elle riait au ciel et aspirait de grandes goulées d'air.

– Ce n'est pas si mal que ça, la navigation, cria-t-elle depuis son perchoir. Tu sais, Moutiti, tu devrais essayer. C'est encore plus drôle que de monter dans les baobabs.

– Et si on la bâillonnait ? marmonna Moutiti en tendant la main vers la cuvette que lui avait généreusement apportée Kounzi.

– Je suis d'accord ! intervint Damian à l'adresse de la princesse. Tu bouges tellement que je n'arrive pas à suivre le cap. J'ai l'impression d'avoir une mouche devant les yeux.

Installé au gouvernail, le jeune Anglais menait le navire d'un geste sûr, surveillant la voile et la vague à la fois. Il fit un clin d'œil à Moutiti :

– Tu sais, je crois qu'il faudrait aussi la ligoter.

– Moi, je trouve ça plutôt agréable à regarder.

Debout à côté du barreur, mâchouillant une canne à sucre pour se remettre de son mal de mer, Kounzi avait prononcé ces mots à voix basse. Tchinza ne les avait pas entendus, mais Nehanda et Damian, si. La première esquissa un sourire entendu, tandis que le second lançait un regard glacé au guerrier, qui reprit d'un ton de défi :

– La princesse n'est pas mouche. Elle est oiseau. Le plus bel oiseau de nos régions.

– Le tout est de savoir pour qui il danse, l'oiseau-mouche, répliqua Damian, les lèvres pincées.

– Silence, vous deux ! lança David depuis sa place devant l'échiquier. (Et se tournant vers la reine des Shona :) Je vous prie d'excuser mon fils, Nehanda... Il est... Ils sont encore jeunes.

– Pas si jeunes que cela, répondit la reine en prenant un air mystérieux, avant d'ajouter plus sérieusement : Assez âgés en tout cas, pour affronter victorieusement les méchants de ce monde.

À cet instant, Tchinza qui avait sauté de son perchoir, atterrit au milieu du groupe et s'écroula à côté de sa mère, épuisée. Elle n'avait entendu que les derniers mots de la conversation.

– Nous ne sommes pas près de le revoir, le méchant ! dit-elle en éclatant de rire. Quand je le revois, aplati sur le ventre du garde, avec le sabre sur lui... Il tremblotait comme une pulpe de noix de coco ! Quelle rigolade ! Il était plus fier, au marché aux esclaves...

Elle cessa de rire sous le coup d'un brusque souvenir.

– Mais celui-là, qu'est-ce qu'on en fait ?

Elle indiqua du menton Jaïram. Lui aussi courait sans relâche d'un bout à l'autre du bateau depuis que l'ancre avait été levée, mais pour se rendre utile : il resserrait là une écoute, nettoyait un cordage, lavait le pont...

– Il faut le garder : une vraie fée du logis, s'amusa Kounzi.

– Et si on le flanquait à l'eau ? lança Moutiti, sortant de son état comateux pour émettre cette idée qu'il trouvait visiblement brillante.

– Qu'en ferons-nous, une fois arrivés à Bagamoyo ? insista Tchinza.

Nehanda avait la réponse :

– Le problème est réglé, dit-elle d'un ton sans appel. Cet homme nous accompagne à Zimbaboué. Il faut qu'il confirme à mes guerriers l'arrestation de Manoel et dise haut et fort son intention d'arrêter le commerce des esclaves. Nous le garderons en otage le temps qu'il faudra pour nous assurer la tranquillité... Puis, s'il veut retourner dans son pays... ou choisir parmi nos filles une épouse... Libre à lui.

– Paroles de reine, commenta Kounzi avec un geste de respect. Fermeté et bonté.

– Eh oui... soupira Tchinza. « Fermeté et bonté » : encore une leçon à retenir. Pousse-toi Moutiti, c'est ma place, ajouta-t-elle aussitôt en s'installant contre sa mère.

– *Eh oui...* répéta Moutiti en affectant d'imiter le soupir de Tchinza. Fermeté et bonté, ton portrait craché, princesse !

Un haussement d'épaules accueillit l'ironie du petit serviteur, et la princesse héritière du royaume des Shona se lova contre sa mère.

– Mmmh, c'est bon ! murmura-t-elle en s'endormant.

– Échec et mat !

Salmé croisa les bras et adressa un sourire conquérant à son adversaire... qui sembla tout prêt à se laisser conquérir.

– Je m'incline ! dit-il en levant ses mains ouvertes comme pour se rendre au terme d'un combat difficile. Le prince Saïd m'avait averti : vous êtes une vraie championne, sultane.

– C'est que vous êtes distrait, docteur Kerry. Il faut vous concentrer sur le jeu. Vous m'avez laissée prendre votre fou sans même essayer de contre-attaquer.

– Vraiment ? Mon fou ? Ah oui... Vous avez raison, je suis distrait. J'ai l'esprit embrouillé... Tout va trop vite...

– Vous ressentez cela, vous aussi ?

– Oui, moi aussi. Je suis un peu comme vous. Je ne sais plus trop où aller.

– Vous avez un pays. Vous pouvez rentrer en Angleterre.

– Je n'en ai pas envie... Après la mort de ma femme, je n'ai pensé qu'à ramener Tchinza à Zimbaboué, puis à délivrer Nehanda... Maintenant, je ne sais plus. Tout ça est trop récent. La douleur et la joie se mélangent. Comme les pions sur l'échiquier ; je ne sais pas qui va gagner la partie.

– Nous devons attendre, n'est-ce pas ? Nos esprits s'éclairciront, c'est ce que vous pensez...

– Oui, laissons passer le temps. Une autre partie ?

– C'est une bonne manière de laisser passer le temps. D'accord.

Un sourire timide termina l'échange. Et les deux têtes de l'Anglais et de la Persane se penchèrent à nouveau au-dessus de l'échiquier.

Ces paroles, les deux joueurs d'échecs se les étaient adressées à eux seuls. Ils avaient oublié ceux qui les entouraient et qui n'en avaient rien perdu.

– Tu as vu ça ? chuchota Moutiti à l'oreille de sa jeune maîtresse.

– Oui. « On va avoir du spectacle », comme tu dis, fit Tchinza en étouffant un bâillement.

– J'en ai assez, du spectacle... marmonna le petit serviteur avec une moue soucieuse.

– Pas moi ! Elle est si jolie, ma nouvelle amie... Regarde, avec ses longs cheveux bouclés, sa tunique couleur d'aurore et son pantalon bouffant, on dirait un rêve... Je suis sûre que David pense comme moi. Ils ont l'air tellement bien ensemble, tous les deux. Un spectacle comme ça, j'en veux tous les jours.

– Tu es sûre ?

Tchinza regarda Moutiti, intriguée par le ton insistant qu'il avait pris. Il fit un geste discret en direction du gouvernail. Tchinza se redressa et suivit son regard.

Damian était toujours à sa place, les deux mains sur la barre, le regard fixé sur l'horizon. Mais il n'était plus le même. Tchinza sentit sa gorge se serrer. Elle n'avait pas vu cette expression sur le visage de son ami depuis le jour où Ysabel était morte, dans les monts Matabélé. Malgré le hâle, le jeune Anglais était livide. Ses lèvres étaient serrées comme sous l'effet d'une souffrance intense. Un pli dur barrait son front. À la place du garçon taquin et détaché qu'il avait été ces derniers temps, on voyait un homme blessé... ou un enfant abandonné.

– Par Mouari ! murmura Tchinza. Damian...

– Je crois que tu devrais aller voir ton ami, chuchota à son tour Nehanda en repoussant doucement sa fille.

L'ordre était inutile. Tchinza était déjà en train de se lever.

Elle approcha du gouvernail.

– Je peux essayer ?

– Si tu veux.

Il la laissa se glisser entre lui et la grande roue et lui plaça les mains de part et d'autre.

– Comme ça, il faut garder le cap. Si tu laisses filer la barre à droite, le bateau va se placer dans le lit du vent et la voile se dégonfler.

Tchinza s'exerça un moment à sentir en elle le mouvement de la coque sur les vagues et celui du vent sur la voile. Bientôt, elle comprit comment le gouvernail et le bateau se répondaient pour utiliser au mieux la pression de l'air sur la toile. C'était grisant... Si grisant qu'elle hésitait à parler à Damian des deux joueurs d'échecs. Il était trop agréable d'être son élève. Elle ne voulait pas le voir se fâcher contre elle.

Ensuite, de toute façon, il fut trop tard.

Sans que rien le laisse prévoir, le gouvernail avait fait un violent retour sur la droite, et le bateau amorçait à toute allure un arc de cercle vers le lit du vent.

Tchinza dut appuyer de toutes ses forces pour le redresser, aidée par Damian. Mais alors le boutre se coucha brusquement. Le jeu d'échecs roula sur le pont ; tous les passagers se trouvèrent renversés.

– Au secours !

Kounzi se précipita pour rattraper Moutiti, dont les jambes étaient emportées par la vague qui venait de balayer la coursive bâbord.

– Un coup de vent ! s'écria David. Vite, choquez les voiles !

Aussitôt Jaïram se précipita et relâcha la grosse corde qui tenait la grand-voile bordée.

– Nehanda et Moutiti ! Salmé ! dans la cabine, ordonna David. Les autres, aux manœuvres !

– Non, répliqua fermement Salmé. Pas moi. Je peux vous aider.

David prit le temps de la considérer un instant avant de répondre :

– D'accord. Nous ne serons pas de trop, regardez !

Salmé tourna la tête dans la direction que montrait David, celle où un moment plus tôt, il avait vu disparaître Zanzibar.

À la place de l'île, on voyait à présent une énorme masse noire qui montait sur l'horizon.

– Un nuage d'orage ! dit-elle. Je connais cela... Ces coups de vent ne durent pas longtemps, mais ils peuvent être très violents.

– Nous risquons d'arriver en Afrique plus vite que nous pensions, dit David.

– ... Si le bateau tient le coup, compléta Damian.

Tchinza et lui étaient ployés sur le gouvernail, pesant de toutes leurs forces sur la barre pour maintenir le cap malgré les coups de boutoir d'un vent devenu furieux.

– Là ! hurla Kounzi en tendant le bras vers le haut du mât. La voile se déchire !

David lança un coup d'œil à Jaïram, qui écarta les bras en signe d'impuissance.

– Ce boutre est vieux d'un demi-siècle, geignit-il. Manoel ne voulait rien réparer, ni changer de bateau. Trop de frais... Il disait qu'en cas de naufrage nous pourrions sauter dans le prao.

Il montra la petite embarcation amarrée le long du mât, qui leur avait servi à fuir la plage de Bouboubou.

– Et les esclaves qui étaient dans la cale ? demanda Kounzi, de la colère dans la voix. Eux aussi, ils auraient sauté dans le prao ?

– Vous savez bien ce qu'il en pensait... dit Jaïram en détournant les yeux.

Sans autre commentaire, il montra l'endroit de la voile qui faisait entendre des craquements sinistres.

– Nous devons la réduire. Viens, je vais te montrer comment.

Le guerrier shona se précipita à sa suite au pied du mât, et tous deux, l'ancien esclave et l'ancien marchand d'esclaves, entreprirent d'affaler le long filin qui maintenait la vergue où s'accrochait le haut de la voile, pour réduire la surface de toile exposée au vent.

Tandis que le boutre tanguait dans la mer brusquement creusée, David et Salmé coururent de leur côté prendre le contrôle de la plus petite voile, celle de l'avant. Indifférente aux embruns qui lui fouettaient le visage, la Persane abîmait ses jolies mains sur les nœuds raidis par le sel.

– Ça me rappelle... quand je galopais dans la forêt, souffla-t-elle à David. J'avais peur et, en même temps, j'aurais souhaité que ça ne finisse jamais.

Ils échangèrent un sourire tout en tirant sur la toile pour en réduire la surface.

Enfin le bateau se redressa, libéré de la terrible pression du vent sur des voiles trop grandes, et reprit son cap, gémissant et craquant de partout comme un vieillard rhumatisant.

– C'est le moment de prier Allah et Mouari en même temps, lança Moutiti depuis le seuil de la cale où ils s'étaient réfugiés, Nehanda et lui. Notre sort est entre leurs mains !

– Si tu veux bien, objecta Damian, nous allons aussi négocier avec la mer.

Il accompagna ses paroles d'un mouvement du gouvernail, tandis que le vieux boutre montait dangereusement, soulevé par une montagne d'eau qui arrivait de l'arrière.

– Wouahou ! cria Moutiti, mi-admiratif mi-terrifié.

– Tu vois, expliqua Damian. Si nous arrivons à accompagner la vague sans piquer de l'avant dans celle de devant, ça ira...

Et se tournant vers Tchinza :

– Surveille la mer, dis-moi d'où viennent les vagues...

Sans un mot, Tchinza se débarrassa de son voile, grimpa sur le bastingage et s'accrocha aux haubans, comme elle l'avait fait un peu plus tôt. Les paquets de mer lui arrivaient en pleine figure, mais elle se contentait d'essuyer ses yeux pour reprendre son guet et crier quand elle voyait s'élever la crête écumante d'une vague plus grosse que les autres : « Là ! attention ! à gauche ! » « Là ! à droite ! »

Et chaque fois, Damian lui répondait :

– Merci, oiseau-mouche !

Du groupe, seul Moutiti voyait le spectacle dans son entier : Tchinza perchée dans les embruns ; Damian concentré sur le gouvernail ; et les déferlantes qui arrivaient de partout. Il se mit à claquer des dents.

– Qu'est-ce que tu as ? lui demanda Nehanda.

– Je crois que je vais tout de même prier Mouari, on ne sait jamais.

•••

Que ce fût grâce à Mouari ou à l'habileté de Damian, le vieux boutre sortit à peu près indemne de la tempête.

Deux longues heures avaient passé. Le vent s'était calmé. La mer assagie. Il régnait sur le pont du bateau un soulagement mêlé de fatigue. À la tension de la lutte succédait une douce quiétude. Chacun reposait ses membres endoloris par l'effort et se refermait sur ses pensées. Le soleil se couchait, droit devant. La mer et le ciel se teintaient de rouge, d'orange, de violet, l'horizon flamboyait. Le spectacle était à couper le souffle.

David avait relayé Damian à la barre. Il tenait le gouvernail d'une main et une carte étalée devant lui de l'autre.

– Nous avons fait un record de vitesse, dit-il au bout d'un moment. Nous arriverons sans doute à l'aube.

– À l'aube ? Déjà ? s'étonna Tchinza, perdue dans la contemplation du ciel. Je serais bien restée un peu plus longtemps en mer, finalement.

– Moi aussi, dit Salmé en écartant de son visage ses longs cheveux mouillés d'eau salée. C'est curieux... Je suis heureuse, et, en même temps, j'ai comme un pincement au cœur à l'idée d'arriver. Je ne sais pas pourquoi.

– Je sais ce que tu ressens, intervint Kounzi en se retournant pour regarder vers l'est, vers le point de l'horizon où avait disparu Zanzibar. J'ai éprouvé le même sentiment quand je suis sorti de l'enclos aux esclaves. Un grand bonheur et, en même temps, de l'angoisse. Tout à coup, on se rend compte qu'on n'a plus aucune attache, personne au monde. L'esclavage est une attache, aussi. On n'a pas besoin de réfléchir à ce qu'on va faire le lendemain.

– Oui, c'est cela, reprit Salmé avec une expression de reconnaissance. J'étais une esclave. Je n'avais pas besoin de me poser de question sur ce que je devrais faire le lendemain ; je ne recevais jamais d'ordre, et pourtant, je ne pouvais décider de rien, sauf de la couleur de mes vêtements, de la destination de mes promenades. Et voilà soudain que je suis libre... trop libre ?

– Trop libre ? Peut-on être trop libre ? demanda Tchinza en souriant à la mer.

– Je n'ai plus d'attache... Plus personne...

– Pourquoi, tu n'as plus personne ? Tu as bien une famille quelque part, une famille riche, sans doute...

Tous se tournèrent vers Damian. Il avait fait la réflexion sans aucune amabilité dans la voix, sans même regarder la Persane.

En un instant, les yeux de Salmé s'agrandirent de panique. Elle bredouilla :

– Non, je... je n'ai personne. Je ne peux pas retourner dans mon pays. Mon père...

– Ce n'est pas grave ! la rassura Tchinza en la prenant dans ses bras. Tu n'as qu'à venir avec nous à Zimbaboué. Tu sais bien que tu ne peux plus te passer de moi, ajouta-t-elle avec un clin d'œil.

– Je... ?

– Mais si, rappelle-toi, je suis la plus grande chasseuse de poux de toute l'Afrique ! Et avec cette tignasse...

– Ma tignasse ? J'ai une tignasse ? s'indigna Salmé en empoignant ses longues tresses comme pour prendre à témoin les assistants.

Sans laisser aux autres le temps de s'interroger, Tchinza continua, soudain plus sérieuse :

– La vie est douce, à Zimbaboué, tu sais... quand il n'y a pas de chasseurs d'esclaves dans les parages.

– Écoute... je... ne... bredouilla Salmé. Peut-être, je ne sais pas... je dois réfléchir.

– C'est tout réfléchi ! Tu n'as pas d'autre solution, et puis j'aimerais tellement te montrer mon pays ; tu ne veux pas voir l'Afrique ?

– Si, mais...

– Il n'y a pas de mais, je ne veux pas t'imaginer toute seule et...

Moutiti choisit ce moment pour lui donner un coup de coude dans les côtes.

– Aïe ! vermine !

– De quoi tu te mêles ? chuchota le petit serviteur en roulant des yeux pour signaler à sa maîtresse qu'elle faisait une gaffe.

Mais Tchinza savait exactement de quoi elle se mêlait. Tout en parlant, elle ne cessait d'observer David et Damian, qui s'affrontaient du regard en silence. Elle n'en pouvait plus de voir sur le visage de son ami cette expression de colère douloureuse. Elle en venait à regretter que la tempête fût terminée...

– Eh bien quoi ? N'est-ce pas la meilleure solution ? insista-t-elle d'une voix claire.

– Laisse Salmé décider de ce qui est pour elle la meilleure solution. Vous, les jeunes, n'avez pas à entrer dans sa vie.

Comme toujours, il n'y avait rien à redire à ces paroles que Nehanda avait prononcées avec son habituelle sérénité.

– Et toc ! lança Moutiti avec une mimique de satisfaction.

Tchinza lui tira la langue sans répondre. C'est alors que Kounzi lança joyeusement :

– Le vent de liberté souffle parfois en tempête, n'est-ce pas ?

Tous regardèrent le grand guerrier shona, qui prit un air absent, levant la tête comme pour mieux contrôler la tenue de la voile. D'abord interloqués, ils éclatèrent tous d'un rire soulagé.

– Tu étais Kounzi le Brave, commenta Tchinza avec une admiration sincère. Tu es maintenant Kounzi le Sage.

Elle jeta un coup d'œil au jeune Anglais. Lui seul restait froid et hostile, obstinément absorbé dans le spectacle du soleil couchant dont les couleurs viraient au sombre. Tchinza frissonna. La température baissait.

La princesse quitta sa place pour retourner se blottir contre Nehanda. Elle voulait tout oublier contre la tiédeur du corps de sa mère.

La nuit était tombée. Le vent s'était calmé. Le navire traçait sa route sur une allure moins rapide, glissant sur l'eau noire sans un bruit. Aux teintes violettes du crépuscule avait succédé un noir de velours marqué d'un croissant de lune aussi lumineux que les diamants de Salmé. Les étoiles étaient apparues les unes après les autres, toujours plus nombreuses, toujours plus brillantes... Lovée dans les bras de sa mère, Tchinza contemplait le spectacle sans même essayer de dormir.

– Je n'ai jamais rien vu d'aussi beau, soupira-t-elle.

Puis elle se rappela que Nehanda ne voyait rien... et se serra plus encore contre elle.

– Pardon, maman.

– Ça ne fait rien, chuchota Nehanda. Décris-moi. J'ai assez d'images dans ma mémoire pour recomposer le spectacle.

– La nuit est si claire, le ciel si vaste... On se sent minuscules, environnés d'étoiles depuis l'horizon jusqu'au plus haut du ciel. Comme sous un dôme scintillant...

Tchinza se tut un instant, puis reprit, plus hésitante :

– Je... je voudrais te faire un aveu.

– Allons donc ? Quelle bêtise as-tu faite ?

– Non, ce n'est pas une bêtise, juste un sentiment. Voilà... J'ai vu des choses horribles depuis que j'ai été enlevée par les Zoulous. J'ai vu le sang couler, des hommes et des femmes mourir, d'autres pleurer... Pourtant, malgré cela, je suis heureuse d'avoir vécu toutes ces aventures.

– Tu as beaucoup appris.

– J'ai appris beaucoup et en même temps je me sens moins fière d'être ce que je suis. Je sais que le royaume shona est un petit royaume fragile, toujours menacé, et que nous aurons beaucoup de mal à le faire exister. Je sais que je dois écouter les autres, que je ne dois pas donner mon avis tout de suite, que je dois réfléchir... et je sais que parfois il faut agir au contraire très vite. (Tchinza tourna la tête vers sa mère.) Tu comprends ce que je veux dire ?

– Je comprends que tu feras une bonne reine.

Un petit rire répondit à Nehanda.

– Je vais me contenter d'être une bonne princesse, pour commencer.

– Non, Tchinza. Une bonne reine...

Nehanda avait parlé d'une voix douce mais ferme. Tchinza se redressa pour essayer de distinguer ses traits dans la nuit. Était-elle sérieuse ? À la clarté de la lune, elle vit le beau visage de sa mère et ses yeux qui fixaient la nuit comme s'ils y voyaient des images invisibles aux autres. Elle aussi avait quitté son déguisement de palefrenier pour son voile blanc bordé d'argent, dont les plis révélaient le collier de perles bleues, le collier des reines shona. Ainsi vêtue, environnée de reflets de lune, elle ressemblait à une déesse.

– Que veux-tu dire, maman ?

– Je veux dire que nous serons bientôt de retour à Zimbaboué. Que je ne peux plus exercer le pouvoir. Une fois chassée Bola la Sorcière, il faudra que tu prennes ma place, car personne d'autre ne peut assurer la continuité, garder au loin les chasseurs d'esclaves, maintenir l'unité du royaume...

– Maman ! je ne peux pas ! Je suis trop jeune ! Tu es seule à pouvoir être reine !

– Non, Tchinza, je ne le peux pas, et tu le sais. Je suis aveugle. Il va falloir être vigilant, visiter les villages éloignés, surveiller les comploteurs, les traîtres... Les chasseurs d'esclaves sont partout. Il n'y a pas que Manoel ; il y en a d'autres. Je tomberai dans un piège, inévitablement. Les temps sont trop dangereux pour que les Shona soient gouvernés par une aveugle.

– Comment pourraient-ils être gouvernés par une fille de seize ans ?

– Tes voyages t'ont fait vite grandir. Tu as toujours été courageuse et forte ; maintenant tu es aussi plus réfléchie, plus humble. Et puis Kounzi t'aidera. Tu m'as raconté comment il s'était battu pour toi. Il sera ton meilleur protecteur. Et plus tard, s'il est le grand guerrier qu'il semble, il sera un époux digne de toi.

– Digne de moi ?

– J'entends dans ta voix qu'il te plaît. À vous deux, vous trouverez la force de sauver le royaume des Shona.

Tchinza sentit comme un étau lui enserrer le front. Elle ne voyait plus les étoiles, elle ne sentait plus l'air doux de la nuit. Le temps d'un soupir, voilà qu'elle avait reçu sur les épaules le poids d'un royaume. Elle ne dit rien, mais Nehanda entendit sa plainte muette.

– Je sais que je te demande beaucoup. À ton âge, tu devrais pouvoir rire et chanter encore longtemps sans te soucier de l'avenir de ton peuple. Mais le temps presse. Il faut que tu choisisses. Si tu ne te sens pas capable, alors il ne faut pas retourner à Zimbaboué. Il faut que tu partes...

– Partir ? Comment ça, partir ?

– Tu n'es pas obligée de devenir reine. Tu peux choisir de poursuivre l'aventure, d'aller plus loin, d'accompagner tes amis mouzoungous dans leurs voyages, par exemple... Ainsi tu pourras continuer à apprendre.

– Mais toi ? Que deviendrais-tu, sans moi ?

– Je resterai avec Salmé. Où qu'elle aille. Elle saura s'occuper de moi, ne t'inquiète pas. Nous sommes devenues de vraies amies. Tu peux partir en paix loin du royaume shona...

– Loin du royaume shona ! Après tout ce que j'ai fait pour retrouver mon pays ?

Tchinza avait rugi comme un jeune lion. La main de Nehanda chercha en tâtonnant la joue de sa fille, qu'elle caressa tendrement.

– Je savais que tu dirais cela. Mais ne réponds pas tout de suite. Va-t'en réfléchir un peu plus loin, sans moi. Demande conseil à ton ami. Il t'aime beaucoup.

– Qui ça ?

– Le jeune Anglais avec lequel tu te disputes...

– Damian ? comment pourrait-il me conseiller ? Il a mon âge !

– Parle-lui tout de même, répondit Nehanda avec un sourire mystérieux. Il est une moitié du choix, non ?

Une fois encore, la reine des Shona avait lu dans les pensées de sa fille.

•◆••◆••◆•

Tchinza trouva Damian à l'avant du boutre. Ou plutôt au-devant du boutre. Il était assis, en effet, sur un bout-dehors, qui prolongeait la proue jusqu'au-dessus de la mer. Retenant son souffle, Tchinza se glissa jusqu'à ses côtés. De là où ils étaient, on pouvait oublier qu'on était en bateau, se prendre pour un dauphin qui glisse sur la vague ou un oiseau qui vole au ras des eaux. Damian se poussa pour laisser une place à son amie. Tous deux restèrent un moment silencieux, le regard plongé dans la nuit étoilée. Tchinza se rappela la première fois qu'ils s'étaient ainsi trouvés côte à côte dans le noir. C'était le soir de la mort d'Ysabel, sur la colline. Ils avaient vu apparaître l'esprit du lion – l'esprit d'Ysabel, avaient-ils songé aussitôt.

– Tu te souviens ? murmura doucement Tchinza.

– Oui, je me souviens, répondit Damian sur le même ton.

Ils n'avaient pas besoin de rien préciser. Ni l'un ni l'autre n'avaient oublié ce moment où avait commencé leur amitié. Ils se rapprochèrent sans un mot et reprirent leur contemplation muette de la mer et du ciel.

Tchinza songeait à ce qui l'attendait devant, en Afrique. Sa mère lui avait demandé de réfléchir. Quel était le choix qui se présentait à elle ? Assumer la lourde couronne du royaume shona ou quitter l'Afrique. Elle rêva un instant. Elle se vit poursuivant ses aventures aux côtés de Damian... Voyager, explorer, découvrir encore de nouvelles villes, de nouveaux peuples, courir ensemble, se battre ensemble contre les chasseurs d'esclaves... Ce serait si beau... Mais son destin n'était-il pas de monter sur le trône des Shona ? Sa mère avait dit : « Kounzi t'aidera... Et plus tard, s'il est le sage guerrier qu'il semble, il sera un époux digne de toi. »

Tchinza poussa un gros soupir... Est-ce que Kounzi lui plaisait tant que ça ? Il était vrai qu'elle l'estimait, qu'elle l'admirait, et il était beau... Mais l'aimerait-elle assez pour en faire son époux ?

« Quelles drôles de questions à se poser ! » se dit-elle. Elle qui, un peu plus tôt, s'amusait à grimper dans les haubans comme dans les baobabs, quand elle avait dix ans. Voilà qu'on lui demandait de choisir un mari !

– Mais je suis trop jeune !

– Quoi ?

Sans s'en rendre compte, Tchinza avait parlé a voix haute, et Damian la regardait d'un air étonné, dans la clarté de la lune.

– Je...

Elle hésitait : pouvait-elle se confier à Damian ? Est-ce qu'il n'allait pas se moquer d'elle, comme à son habitude ? Elle poussa un soupir et se lança :

– Ma mère ne veut plus régner, continua-t-elle. Elle me demande de prendre sa place.

– Pour devenir reine, tu veux dire ?

– Oui. Elle me dit qu'il faut sauver Zimbaboué. Elle ne peut plus gouverner. Elle me propose de monter sur le trône...

Tchinza s'interrompit et termina sa phrase en guettant la réaction de Damian :

– ... et d'épouser Kounzi.

– Mais tu es trop jeune !

– Tu n'as rien de plus original à dire ?

– N'importe quoi ! Épouser un type que tu n'aimes pas, comme ça, parce que ta mère te dit qu'il faut que tu sauves ton pays.

Damian avait parlé précipitamment, avec un geste exaspéré. Puis il lui tourna le dos et grogna :

– Tu es complètement folle, et lui aussi. D'ailleurs, je ne veux plus rien entendre. Qu'est-ce que vous avez tous, aujourd'hui ?

Tchinza, sans bien savoir pourquoi, fut reconnaissante à Damian de sa mauvaise humeur. Elle reprit, à voix très basse :

– Elle me dit qu'il y a une autre solution. Que je ne retourne pas à Zimbaboué. Que je continue à voyager... Avec vous.

Damian se retourna si brusquement qu'il faillit tomber à l'eau.

– Hé, s'amusa Tchinza en le retenant par la manche. Tu veux aller en Afrique à la nage ?

Damian se redressa et reprit sa place sur le boutdehors en jetant un coup d'œil inquiet à la masse obscure qui défilait sous eux.

– On ne fait pas des surprises pareilles, maugréa-t-il. En tout cas pas à quelqu'un qui est en équilibre sur une poutre au-dessus de la mer !

Puis il leva la tête et scruta à son tour le visage de la princesse.

– Tu... tu veux dire que tu nous accompagnerais ?

– Si vous continuez vos explorations, oui. Tu crois que David serait d'accord ?

Cette fois, Damian répondit sans hésiter :

– Certainement ! Avoir avec lui quelqu'un qui connaît l'Afrique... Ça lui plairait !

– Et toi ?

– Bien sûr... Tu me fais tellement rire !

– C'est malin ! Moi qui espérais une déclaration d'amour.

– Mais tu es trop jeune !

– Bien vu. Je retire ce que j'ai dit.

– Et moi aussi : je serais vraiment content que tu viennes... Si tu gardes Moutiti, ajouta-t-il avec un clin d'œil.

– Aucun problème... Je peux même te laisser Moutiti et ne pas venir.

– Euh...

Ils restèrent un instant silencieux à se dévisager dans la nuit claire, puis éclatèrent de rire ensemble. Quel plaisir de s'amuser ainsi sous les étoiles, loin de tous, sur une plaisanterie qu'ils étaient les seuls à comprendre, à partager ! Comme pour répondre à leur bonheur, un objet brillant passa entre eux, petit éclair jailli de l'eau qui retomba de l'autre côté de la poutre dans une éclaboussure phosphorescente.

– Ah ! qu'est-ce que c'est ?

– Un poisson volant !

– Un poisson vol... Tu es bête !

– Mais si, je te jure, j'en ai vu plein, dans la traversée depuis l'Angleterre. Leurs nageoires forment deux ailes rigides de chaque côté de leur corps. Ils sortent de l'eau pour échapper aux gros poissons, volent pendant quelques secondes et replongent plus loin...

– Vraiment ? Un peu plus, et je recevais un poisson en pleine figure ! Beurk !

Ils recommencèrent à rire. Mais soudain, une pensée vint frapper Tchinza de plein fouet, et elle cessa de rire aussitôt. Jamais, se dit-elle, elle ne pourrait s'amuser de cette manière avec Kounzi. C'était drôle, le mouzoungou était un étranger et pourtant il la comprenait mieux que le guerrier shona... Une autre pensée bouscula la première : oui, mais Kounzi pourrait sauver le royaume shona. Pas Damian. Et puis... Il y avait Nehanda.

Damian avait cessé de rire, lui aussi. Il avait compris le cheminement des pensées de son amie.

– Et ta mère ? demanda-t-il. Que deviendrait-elle, si tu venais avec nous ?

– Elle me dit qu'elle peut rester avec Salmé.

Tout changea entre eux, une fois de plus. Qu'avait-elle dit ? Brusquement, Damian s'était détourné.

– Qu'est-ce qu'il y a ? demanda Tchinza, qui pressentait la réponse.

Damian attendit un instant, puis marmonna sans bouger :

– Je l'avais oubliée, celle-là.

– Ce n'est pas une raison pour me faire la tête !

– Je ne fais pas la tête.

– Si. Tu fais la tête. D'ailleurs, je sais pourquoi...

Pas de réponse. Damian restait le dos tourné, ostensiblement indifférent. Hostile, même, si bien que Tchinza fut tentée de s'en aller. À ces moments-là, le jeune Anglais lui paraissait lointain, enfermé tout au fond de lui-même dans une prison faite d'un malheur qu'il n'arrivait pas à partager, une prison où il retrouvait ses chagrins, celui qu'il avait éprouvé à la mort de son père, puis à la mort de sa mère.

Tchinza décida cependant d'insister, justement à cause de ces chagrins, tant pis s'il se fâchait. De toute façon, ils seraient bientôt séparés à jamais... Dès leur arrivée en Afrique. Car elle savait qu'elle ne partirait pas voyager avec lui ; elle avait juste fait semblant d'y croire pour le plaisir. Damian et David – peut-être avec Salmé – repartiraient vers l'Angleterre, et elle gagnerait Zimbaboué au plus vite, pour chasser Bola la Sorcière. Alors, si son ami criait sur elle, tant pis. Ça rendrait la séparation moins difficile. Elle avala sa salive et se lança :

– Tu en veux à Salmé parce que David est amoureux d'elle.

Encore une fois, Damian faillit passer à l'eau. Elle le rattrapa par la main, cette fois, et s'apprêta à essuyer sa colère. Mais il ne se fâcha pas. Au contraire, il enfouit sa tête dans ses genoux.

– Tu as vu ? Tu te rends compte ? Maman est morte il y a moins d'une année... Et déjà, il...

– Il n'a rien fait ! Il l'a juste regardée...

– ... avec des yeux comme des soucoupes et la bouche ouverte... Heureusement qu'il n'a rien fait de plus. C'est déjà assez ridicule comme ça.

– Il a eu... Je ne connais pas le mot en souahéli. Tu sais, quand la personne qui vient d'apparaître te fait flageoler les jambes dès le premier instant...

– Un coup de foudre.

– Il a eu un coup de foudre, voilà tout, ça arrive.

– Il va trahir ma mère, j'en suis sûr.

– Est-ce que ça te regarde ? C'est un adulte, et puis, tu m'as assez dit qu'il n'était pas ton père !

– C'est encore pire. Il était le mari de ma mère. Il avait pris la place de mon père... Il n'a pas le droit...

Damian n'acheva pas sa phrase ; il avait un sanglot dans la gorge. Tchinza se serra contre lui.

– Je comprends ce que tu ressens... Mais ça ne change rien pour toi. David est ton ami. N'est-ce pas ?

Damian laissa passer du temps avant de répondre, puis il concéda, d'une voix mal assurée :

– Je... oui. Je crois.

– Moi, j'en suis sûre. Et il le restera. Il restera ce qu'il est pour toi. Vous serez toujours deux.

– Tu veux dire trois ; tu viens avec nous, rappelle-toi... et même quatre avec Moutiti !

– Non, deux. Nos routes se séparent, Damian. La mienne va vers Zimbaboué.

Tchinza avait prononcé ces mots lentement, d'un ton grave, parce qu'ils étaient définitifs. Et si Damian ne répondit pas, cette fois, c'est parce qu'il n'y avait rien à répondre. La princesse avait fait son choix. Il ne pourrait plus la faire changer d'avis.

Ils demeurèrent donc ainsi, serrés l'un contre l'autre au-dessus de la mer leurs regards perdus dans le noir. Combien de temps passa ? Ils n'auraient pu le dire. Ils étaient en dehors de tout, suspendus dans la nuit. La lune glissait dans le ciel, la voûte des étoiles tournait.

Puis le ciel changea encore une fois de couleur ; une vague lueur bleue arrivait de l'arrière, par-dessus le mât. Le vent fraîchit... Chaque fois que la lourde coque était soulevée par la houle, la poutre où ils étaient assis s'élevait puis s'abaissait tandis que des gerbes d'embruns explosaient de part et d'autre. Tchinza en avait le souffle coupé. Elle regarda Damian, il s'essuyait les joues mais elle n'aurait pu dire si c'était à cause des embruns ou des larmes. Elle plissa les yeux et reporta son regard vers l'horizon.

Et là, elle vit.

Droit devant, à l'ouest, une ligne noire posée sur l'horizon.

– Regarde, murmura-t-elle, l'Afrique !

– Oui, j'ai vu, lui répondit Damian d'une voix qu'elle ne lui connaissait pas, douce et chaude, une voix d'adulte. On arrivera quand le soleil se lèvera, si le vent ne faiblit pas.

– Je dois aller voir ma mère. Je dois lui dire quel choix j'ai fait.

– Oui, je comprends.

Il attendit un moment avant de poursuivre.

– Attends un peu... Je préfère te dire adieu maintenant. Je voudrais... Tu vas être reine, Tchinza... Mais pour moi, tu seras toujours ma princesse.

– Ne dis pas cela. Je n'aime pas ce mot.

– Princesse ?

– Adieu.

– Que dire d'autre ?

– Faisons-nous plutôt une promesse, murmura Tchinza en esquissant un mouvement pour reculer sur la poutre. De nous revoir un jour, quelque part.

Au lieu de répondre, Damian la retint d'un geste. Et ils échangèrent un baiser, le premier, le dernier.

– Un jour, quelque part...

Table des matières

Christel Mouchard

L'auteur a 50 ans. Elle a été journaliste dans un magazine d'histoire. Elle est l'auteur de plusieurs essais sur les aventurières et les explorateurs (éditions du Seuil), d'un roman historique sur les explorations féminines en Afrique (*La Reine Antilope*, aux éditions Robert Laffont). *La Princesse africaine* est son premier roman pour la jeunesse.

François Roca

L'illustrateur est né à Lyon en 1971. Après des études artistiques à Paris puis à Lyon, sa passion pour la peinture le pousse d'abord à exposer des portraits à l'huile. En 1996, il commence à réaliser des illustrations pour la jeunesse. François Roca a illustré plus d'une vingtaine d'ouvrages. Il collabore également régulièrement au magazine *Télérama*. Il vit et travaille à Paris.

Cet ouvrage a été imprimé par la
SOCIÉTÉ NOUVELLE FIRMIN-DIDOT
Mesnil-sur-l'Estrée
pour le compte des Éditions Flammarion
en avril 2007

Dépôt légal : mai 2007
N° d'édition : L.01EJEN000125. N001 - N° d'impression : 84971
Loi n° 49-956 du 16 juillet 1949 sur les publications destinéees
à la jeunesse

Imprimé en France